KB240760

우리 반에도 있다

김현 에세이

낮은산

　학창 시절 나를 소수자로 정체화하는 데 오랜 시간을 허비하지 않았다. 어디서 보고 배운 것도 아닌데 (보고 배울 만할 걸 찾기도 어렵던 시절이었다.) 별다른 혼란 없이 내가 게이라는 걸 받아들였다. '나는 왜 남자를 좋아하는가?'라고 묻는 대신 눈길이 오래 머무는 사람을 마음 다해 좋아했다. 몇 사람을 짝사랑했고, 한두 사람과는 짧고 길게 교제하며 밝은 미래를 그려 보곤 했다. 찬란하면서 동시에 어두운 시절이었다. 나와 내 사랑에 확신이 없어서가 아니라 나와 내 사랑이 비밀의 울타리 안에 갇혀 있었기 때문이었다.

　지금도 "그런 사람 우리 반에는 없죠?" 하고 누군가는 공공연히 말하는 상황이지만, 당시에는 그와 관련한 성인지감수성, 인권 교육이 전혀 없던 때인지라 나는 내가 '그런 사람'이라는 것을 누구에게도 말하지 못했다. '여기 있으나 여기 없는 사람'이라는 생각이 풀리지 않는 의문으로 늘 나를 따라다녔다. 꼭 그 때문만은 아니지만, 그 영향으로 나는 수면제를 모았고, 목을 매어 보기도 했다. 그 모든 일이 미수에 그치는 동안 내 곁엔 아무도 없었다. 안타깝게도 부모님도, 선생님도, 가까운 친구들도, 무엇보다 나조차도 나를 '그런 짓'할 사람으로 여기지 않았다. 그건 어느 날 느닷없이 벌어진 사고가 아니라 여러 원인이 차곡차곡 쌓이다 한꺼번에 와르르 무너진 사건이었다.

남중, 남고를 다니는 6년 동안 '미스 김'으로 불렸다. '여자 같다.'라는 이유에서였다. 어떤 대상을 그 대상의 원래 이름을 대신하여 (친근하게) 부르는 명칭, 별명이라기보단 경멸하는 호칭에 더 가까운 것이었다. "보지 같은 년." "오빠 지금 꼴렸다." "한번 (빨아)

줄래." 따위의 말을 자주 들었다. 그런 말을 하도 듣다 보니 어느 날엔가는 '그래 한번 주자.' 이런 이상한 오기가 발동했다. 마음먹고 가해자의 말을 가해자에게 고스란히 되돌려줬다. "하러 갈래?" 물었다. 모두 "미친년"이라면서 뒷걸음질 쳤다. 속이 시원한 상처였다…….

그 흩어진 마음을 그러모아 일기장에 적었다. 내 책상 위의 천사는 일기장이었다. 날개를 펼치듯 일기장을 펼치면 말하지 못할 것도 없었고, 말하고 싶은 것이 생겼나. 더 멀리 갈 수 있었다. 소설가 마거릿 애트우드는 진실을 쓸 방법은 내가 쓰는 글을 누구도 읽지 않을 거라고 가정하는 것이라고 썼으나, 나는 누구든 내가 쓴 걸 읽어 주길 바랐다. 알아주기를 바랐다. 내가 어떻게 살고 있는지. 당신들이 아무 일도 없다고 믿는 지금에도 많은 일이 벌어지고 있다고 들려주고 싶었다. 사실이었으니까. 사실을 알게 되면 복잡해진다. 평면이던 세계가 불현듯 입체가 되고 그 미로 끝에 있는 진실을 향해 가게 된다. 나만이 아니라 모두가 그 복잡한 미로 속을 헤매 다니면 좋겠다고 생각했다. 같이 화내고, 같이 좌절하고, 같이 두려움과 마주하기를 바랐다. 욕을 많이 썼다. 당시의 내게는 욕이라는 메타포가 진실이었다.

미스 김을 둘러싼 질문을 거듭할수록 나는 복잡한 사람이 되었다. 하지만 그 결말이 더는 욕으로만 쓰이지 않았다. 지금에 와 생각해 보면 일찍이 학교, 교과서, 어른 밖에서도 배울 게 있음을 알게 된 건 행운이었다. 그때의 내게는 허황하고 쓸데없다고 여겼던 생각들이 지금 내 삶을 구성하는 토대가 됐음을 알기에 더욱 그렇다.

미스 김이라 불렸던 나를 오랫동안 부끄러워했다. 그 부끄러움을 말하기까지도, 부끄러워야 할 사람은 내가 아니라고, 생존자로 거듭나기까지도 긴 시간이 필요했다. 그리고 비로소 나는 이렇게 목소리를 낼 수 있는 '성소수자'가 되었다. 미스 김이라는 말이 없었더라면, 그 말을 내 책상 위에 올려 두고 궁리하지 않았더라면 나는 더 오래 '그런 사람'으로 나 자신을 투명인간 취급했을 것이다.

　얼마 전, 한국게이인권운동단체 '친구사이'에서 진행한 '성소수자 자살예방지킴이 양성' 교육을 받았다. 친구사이에서는 2014년부터 '마음연결'이라는 이름으로 성소수자 자살 예방 프로젝트를 진행 중이다. 모든 성소수지가 신체적·정신적·사회적으로 더 안전한 삶을 누릴 수 있도록 하려는 노력의 일환이다. 이른바 '무지개 돌봄'은 알아채기-물어보기-이어 주기 단계를 거치게 된다.
　'알아채기'는 자살 위험에 처한 사람들이 보내는 신호를 발견하는 단계이고, '이어 주기'는 자살을 생각하는 이를 전문가나 기관에 연결하는 단계이다.
　그날, 교육에서 특별히 인상적이었던 건 알아챔과

이어 줌 사이에 있는 '물어보기'였다. 자살에 관해서 묻는 단계인데, 이런 식이다.

"지금 자살을 생각하고 있나요?"
"자살을 생각하게 된 이유는 무엇이에요?"
"언제, 어떻게 자살할지 구체적으로 생각해 보았나요?"

자살에 대해서 돌려 말하거나 부정적인 표현 없이 분명하고 정확하게 묻기.

참 어려운 일이었다. 설명을 들을 때와 다르게 실제로 해 보니 입이 잘 떨어지지 않고 마음이 크게 흔들렸다. 실습 내내 강사는 그 말하기의 어려움에 관해, 실습자들의 곤란함에 공감하면서도 선입견 없는 그 정확한 물음이 외려 상대를 안도하게 하고 자신의 어려움을 털어놓을 수 있도록 한다고 전했다. 중요한 것은 물음의 끝과 시작.

“나에게 이야기해 주어서 고마워요. 혼자서 많이 힘들었겠군요.”

귀 기울여 듣기.

이 책에 실린 여러 편의 글은 내가 그런 사람이라는 것을 누군가 알아채기를, 물어보기를 그리고 그런 나와 이어지기를 바라는 마음으로 적은 것이다. 또한, 이 책에 나오는 많은 질문은 답하기 위해서, 답을 구하고 싶이시가 아니라 수의를 기울여 성심껏 잘 듣기 위해 쓴 것이다.

만약 당신이 그런 사람이라면, 알아채고 물어보고 이어지길 바란다. 그런 사람을 곁에 두고도 곁에 두었는지 모르는 당신이라면, 알아채고 물어보고 이어지길 바란다.

나는 지금도 그런 사람으로, 산다.

돌을
보내는
사람

듣자 하니 어느 시절 어떤 곳에 사는 사람들은 돌을 편지처럼 주고받았다고 한다. 마음이 가벼울 때 작은 조약돌을, 다소 무거울 땐 그보단 조금 더 큰 돌멩이를 상대에게 건네는 식으로 자신의 감정을 표현했다는 것이다. 이른바 돌편지. 돌의 크기뿐만 아니라 모양이나 색도 자기 마음 상태를 알리는 표현의 수단이 되었을 터이고 돌에 낀 이끼나 표면에 붙은 꽃잎, 죽은 곤충의 투명한 날개 같은 것은 마음을 전하기에 퍽 아름답고 소중한 것이었을 테다.

나를 읽어 주세요, 들리지 않는 목소리로 들리도록 말하기 위해 돌을 고르고 또 고르는 이의 모습을 상상하면 자연스레 시가 쓰이곤 한다. 너라면 그 돌들을 어떤 말로 옮겨 적을까? 나라면 이렇게.

"돌의 얼굴에 팬 보조개가 보이나요?"

고등학생 때는 편지를 많이 썼다.

인터넷도, 핸드폰도 없는, 삐삐를 사용하며 문자 대신 8282(빨리빨리), 486(사랑해), 7942(친구사이) 같은 숫자를 남기고, 음성을 녹음하고, 공중전화로 달려가 두근거리는 마음으로 목소리를 확인하던 시절. 편지를 쓰기 위해 편지지나 엽서를 고르고 색색의 필기구를 사고 편지를 전하기 위해 약속을 잡는 일이 갑갑한 학교생활의 숨통을 터 주었다. 어디 편지나 엽서뿐인가. 몇 시간(어쩔 땐 며칠)을 꼬박 바쳐 공테이프에 노래 8~10곡을 녹음해(제목을 이으면 편지가 됐다!) 선물하는 것이 소소한 기쁨이었다.

네모나게 접은 비밀스러운 쪽지를 한 사람의 교복 주머니에 슬쩍 넣고 아무렇지 않게 구는 일은 또 어떤가. 그런 쪽지를 받고 아무렇지 않은 척 복도 저 끝으로 가서 슬며시 뒤돌아보던 아이와 비밀스러운 신호를 주고받던 순간은 지금도 잊히지 않는다. 그때 학교 복도로 들어오던 빛의 산란을 기억한다면 믿으실지.

문득 궁금하다.

요즘은 어떤 방식의 '노력형 기쁨'을 서로 건네주고 건네받을까?

고1 때 짝꿍이넌 b가 생각난다. 중3과 고1은 1년 차인데 뭔가 달라도 달라서 그 무렵 나는 묘한 우울감에 휩싸였다. 이제 와 돌이켜 보면 아마도 그즈음부터 더 확실히 내가 남과 다르다는 생각에 빠진 것이 아닌가 싶다. 나 홀로 외계인이 된 것 같은 기분이었고, 그런 나를 모두가 미심쩍은 눈으로 바라보고 있는 것 같아 마음의 출입구가 점점 작아진 상태였다. 그런 나를 똑똑 두드린 것이 b였다.

타고났다고밖에 설명할 수 없을 것 같은 b의 선함은 잘 지내다가도 책상에 금을 긋고 넘어오지 말라고 말하는 열일곱 살 게이의 변덕스러움을 사뿐사뿐 넘어섰다. 그렇게 경계 없이 b와 나란히 앉아 있는 것만으로도 지루한 수업 시간이 견딜 만했다.

'밖에 구름 좀 봐.'

교과와 거리가 먼 말을 노트 귀퉁이에 적을 줄도 알던 우리. 둘 중 누가 먼저랄 것도 없이 번갈아 가며 창문 밖 구름을 열심히 봤다. ─수업 도중에 창밖을 보는 학생이 됩시다!─ 구름의 모양에 관해, 움직임에 관해 그리하여 지금 당장 어딘가로 떠날 수 있다면 어디로 가고 싶은지에 대해 침묵한 채로 대화를 이었다. 지금으로 치면 실시간 채팅쯤 되는 걸까. 샤프를 부드럽게 움직이며 적은 b의 글씨가 아직도 기억 속에 또렷하다.

b에게 여러 통의 편지를 받았음은 물론이다. 글자로만 이루어진 것들은 아니었다. 코팅한 네잎클로버

나 포스트잇을 붙인 초코우유, 앨범명까지 적힌 녹음테이프 등이 산뜻하게 도착했다. 그중에서도 내가 제일 좋아한 건 그즈음 즐겨 듣던 라디오방송의 클로징 멘트를 색색의 볼펜으로 한 글자 한 글자 적은 손편지였다.

잔잔한 피아노 선율을 배경음으로 삼아 디제이가 읽어 주는 아름답고 시적인 단상은 나의 밤을 누구의 밤보다도 고요하게 또 소란스럽게 했다. 꿈꾸게 했다. 언젠가 저런 글을 쓰는 사람이 되어야지. 친구들에게 얘기했다. b반이 그걸 잊지 않았다.

문자로 '녹음된' b의 편지를 받을 때면 영원할 것 같은 미소가 활짝 지어졌다. 그게 b에게도 즐거움이 있는지 이후 b는 A4 용지 끝에 '유영석의 FM인기가요 중에서'라는 글귀가 적힌 편지를 여러 번 더 건네주었다. 그 덕분에 나 역시 편지를 들고 가벼운 발걸음으로 학교에 가는 학생이 되었고, 라디오 작가를 꿈꾸는 청소년이 되었고, 고맙게도 우정의 근사함을 체감한 사람이 되었다.

　어른이 되고(오래전 딱 한 번의 전화 통화 이후로) b와는 연락이 끊겼다. 명절이면 만나는 고향 친구에게 종종 그의 소식을 물었으나 돌아오는 대답은 없었다.

　b는 어떤 어른이 됐을까?

　b의 편지들은 오래전 어느 밤에 재가 됐다.

　학창 시절에 쓴 일기와 건네받은 편지들을 한꺼번에 불태우면서 한 시절의 나는 꽤 비장했다. '내가 죽은 뒤에 누구도 내 삶을 재구성하여 해석하지 않기를…….' 뭐 이딴 식으로. 그 마음 한쪽엔 성소수자로서의 불안이 얼마간 있었던 것도 사실이다. 그러나 지금에 와선 조금 후회하고 있다. 그때의 나와 달리 이제 나는 내 감정을, 내 사랑을, 내가 게이라는 사실을 불태우고 싶지 않다. 오랜 친구들과 사랑하는 이

와 또는 홀로 어느 밤에 라디오 방송을 들으며 옛날
일기장과 편지를 꺼내 읽는 상상에 괴로움이란 없다.
그러니 어린 성소수자 친구, 괴로워도 우정을 재로
만들지는 마.

　그리고 이 일화가 하나 더 건네는바.
　남이 너를 두드리기 전에 네가 남을 두드려도 된
다. 두드려 주기를 기다리는 퀴어가 아니라 두드리는
퀴어가 되어 봐. 큰 바윗덩어리로 가로막힌 것 같은
누군가의 마음 앞에 서게 되더라도 그냥 돌아서지 말
고 용기 내어 바위를 올라가 봐. 그 앞에 활짝 열린
문이, 손을 흔들며 너를 기다리고 있을 한 사람이 있
을지도 몰라. 어쩌면 바로 너 자신이기도 하겠지.

추신.

b에게,

잘 지내니?

나는 오늘도 너를 조금 보고 싶어 했단다.

가을바람이 앉은 조약돌을 보내니 받아 주렴.

단어
주머니가
있는 사람

- 날이 추워지니까 호빵이 먹고 싶네.

친구에게서 문자가 도착했다. 같은 날, 다른 친구는 옷을 따뜻하게 입고 다니라며 곧 스웨터를 꺼내 입어야겠다는 안부를 전해 왔다.

늦가을의 정취를 충분히 느낄 새도 없이 겨울이 되었다.

기온이 떨어지자마자 호빵을 찾는 친구는 필라테스를 열심히 하며 뱃살을 관리 중이다. 무채색 와이셔츠에 스웨터를 겹쳐 입는 모습이 근사한 친구는 최근 독감을 앓았다. 그런 두 사람이 김이 모락모락 피어오르는 간식과 몸을 따뜻하게 하는 옷을 생각하며

가만히 떠올린 나란 사람은, 이제 고소한 야채보다
달콤한 팥이 들어간 호빵을 좋아하고, 겨울이면 비염
때문에 콧물과 재채기를 달고 살면서도 스웨터를 즐
겨 입는다.

　나를 잘 아는 사람.
　나도 잘 아는 사람.

　누군가를 떠올리는 마음에 관하여 생각한다.
　빛과 그림자의 움직임에 맞춰 발걸음을 옮기는, 젖
은 낙엽들과 마지막 잎사귀를 매달고 선 가로수를 보
며 잠시 눈을 감는. 카페 유리문 앞에서 식빵을 굽고
있는 고양이의 일과를 궁금해하면서, 살아 돌아올 리
없는 사람들을 끝까지 기억하겠다는 사람의 말에 귀
기울이면서…… 너무 잘 알아서 혹은 너무 잘 몰라
서, 너무 가까워서, 너무 멀어서, 너무 보고 싶어서 그
러나 더는 만날 수 없어서, 한 사람, 한 사람을 자신에

게 포개어 놓는 마음의 겹에 관하여.

지난 9월부터 한 달에 한 번 만나 시를 읽고 이야
기하는 온라인 모임을 이끌고 있다. 국어 선생님들로
만 이루어진 모임인데 분위기도 좋고, 월 1회 만남만
으로는 뭔가 아쉬워서 선생님들에게 한 달짜리 숙제
를 내 주고, 단체 채팅방을 통해 숙제를 검사한다.-
살다 보니 선생님들의 숙제를 검사하는 성공한 학생
이 되었다!-10월의 숙제는 매일 하나씩 단어를 채집
하는 것이었고, 11월에는 누군가 한 사람을 떠올리며
하루 하나 단어를 채집하기로 했다. 각양각색의 물체
가 들어 있어 신기한 물체 주머니와 같은, 한 사람을
위한 '단어 주머니'를 만들어 보자는 것이었다. 누구
를 떠올렸는지는 만나는 날 밝히기로 했다.

'초승달, 콧노래, 돌덩이, 복어, 등, 온도, 파스타, 실
패, 마중, 오지랖, 택배, 언덕, 제주도, 돌아오다……'

매일 아침 그 단어 주머니를 살펴보면서 사람이 떠오르는, 사람을 떠올릴 수 있는 말이 이토록 다양하다니, 거듭 놀랐다.

호빵과 스웨터.
이게 '초겨울의 김현'이구나.
두 단어를 물체처럼 꼭 손에 쥐고 있으니 온기가 돌았다.

다른 호빵보다 고구마 호빵이 맛있어 보이더라는 친구의 아랫배를 그려 보며 난로 위에 착착 쌓아 놓은 양은 도시락을 떠올렸다. 독감은 이제 다 나은 거지, 건강하게 지내다 따습게 만나자, 답장을 전하며 양쪽 어깨선이 살짝 어긋나서 더 완벽해 보였던 손뜨개 조끼를 떠올렸다.
몸의 주머니가 볼록하게 부풀었다.

품에
안는
사람

붕어빵이 담긴 종이봉투를 가슴에 품고 가는 사람을 보았다. 그의 뒤를 따라 걸었다. 두 팔로 몸을 감싸고 걸음을 옮기는 사람의 뒷모습이 달짝지근했다. 누구를 위한 것일까? 붕어빵의 행방이 궁금했다. 갓 구운 밀가루 반죽 냄새를 풍기는 봉투를 짜잔, 하고 꺼내 보이는 이의 얼굴과 붕어빵을 한 입 베어 물고 따뜻하다고 말하는 이의 얼굴을 포개면 어떤 표정이 완성될지 추측해 보았다. 다른 누가 아니라 내가 나를 위해서 붕어빵을 품에 안은 것이라 해도 나쁘지 않겠다. 붕어빵을 소중하게 품은 사람 덕분에 썰렁하던 하루에 온기가 돌았다.

머릿속으로 품에 안을 수 있는 것들의 목록을 짜 보았다. 언젠가 품에 안았던 것들부터 생각났다. 유년 시절 즐겨 입던 손뜨개 스웨터와 처음으로 같이 살게 된 강아지, 용돈을 아껴 샀던 잡지와 영화 브로마이드, 선물 받은 코팅된 네잎클로버, 아무도 없는 교실 책상 서랍에 몰래 넣어 두던 이름 없는 편지들. 아! 토요일 오후, 도서관 유리창을 투과해 들어오던 빛. 품에 안았던 걸 떠올리는 일은 따사롭기 그지없고. 불현듯 누런 서류봉투를 품고 우체국으로 향하던 언젠가의 내 모습이 그려졌다. 봉투에는 각기 다른 크기의 글씨로 '신춘문예' '원고 재중' '주의 요망'이 적혀 있었다. 품에서 봉투를 꺼낸 후에도 무슨 주문을 걸듯, 여러 번 쓰다듬은 후에 우체국 직원에게 건넸더랬다. 도착 날짜를 확인하고 또 확인했다.

품에 안으면 무엇이든 소중해진다.
처음으로 우는 사람을 안아 줬던 게 언제였는지,

누구였는지, 무엇 때문이었는지 도무지 기억나지 않는다. 그저 두 손으로 그의 머리와 어깨를 감싸고, 가슴의 입구를 넓게 열어 눈물을 받아 주던 느낌만이 아스라이 되살아날 뿐이다. 처음으로 누군가에게 안겨 울었던 건 또 언제였을까? 안은 사람과 안긴 사람의 형상을 조용히 떠올려 본다. 안긴문장을 포함한 안은문장처럼 한 사람이 다른 사람 속에 들어가 둘은 단 한 사람처럼 보인다. 품에 안았기에 그리고 품에 안겼기에 그때의 우리는 울음을 뒤로하고 한목소리로 웃었을 것이다.

품에 안기면 무엇이든 소중해진다.

나이를 먹을수록 품을 귀히 여기는 사람이 되면 좋으련만 품에 안고, 품에 안긴 게 언젠지 가물가물하다. 머리가 커지면 가슴이 작아진다. 너무 오래 생각해서 풀기 더 어려워지는 문제도 있다. 사람이 그렇고, 사람 사이의 일이 그렇다. 어디 사람끼리만 그런가. 나와 나 사이도 그렇다. 팥소가 가득한 붕어빵 같은 사람. 그런 사람을 품에 안으면 나는 어떤 사람이 될까? 손도 시리고, 발도 시리고, 마음도 시린 연말연시에는 무엇보다 이런 물음에 안기어 보는 것도 맛있겠다. 그때 '와락'이라는 우리말은 얼마나 안성맞춤인지.

와락 안고, 와락 안기고, 와락 울고, 와락 웃고, 와락 겁먹지 않고, 와락 가슴에 품은 따뜻한 말을 꺼내기 좋은, 붕어빵 익어 가는 계절이다.

느리게
실패하는
사람

운동을 시작했다.

이런 문장으로 열리는 글은 대개 성공했다기보다는 실패했다는 것으로 닫힌다. 열의 일곱은 그렇다. 그리고 많은 경우 그런 글이 그렇지 않은 글보다 읽는 이의 마음을 지연스레 먼저 사로잡는다. 목표를 정하고, 결심하고, 실행에 옮겨, 성공하는 운동 이야기를 좋아하는 사람이 과연 몇 명이나 될까?

옆집 사는 친구가 비가 오나 눈이 오나, 기쁠 때나 슬플 때나, 운동화 끈을 꽉 조이는 '인간'인 것보다 그런 때마다 '어쩔 수 없지.' 하며 끈을 느슨하게 하는 '사람'인 것이 아무래도 좋다. 그 사람이 나처럼 방바닥에 찰싹 달라붙어, 운동 한번 가기 어렵네 중얼거리다가 결국에는 포기하는 사람이라는 것이. 그가 좌절하지 않고 '그럴 수 있어.' 하며 내일을 위해 운동복을 착착 잘 개어 놓는 모습을 상상하면 괜스레 마음이 놓인다.

나만 그러는 게 아닌 것 같아서.

포기를 밥 먹듯 하는 사람이 아니라, 포기는 김장할 때나 쓰는 거라고 말하는 사람이 아니라, 포기를 컵밥이나 참치캔 하나로 때우는 한 끼 정도로 생각하는 사람의 속이 편하다. 오늘의 성공이 없었기에 내일의 성공이 있다고 믿는 사람이 더 건강하다. 열의 일곱…… 열의 여섯이나 다섯은 그렇다. 나는 성공을 긍정하는 이야기보다 실패를 긍정하는 이야기를 더 오래 쓰다듬는다. 내 삶이, 우리네 인생이 대체로 성공이 아니라 실패의 연속이기 때문이다.

최진영 작가와 함께한 북토크에서 들었던 얘기가 생각난다. 글이 잘 써지지 않아 고민이라는 독자의 물음에, 작가는 "우리는 늘 잘되고, 잘하는 것을 기본값으로 삼고 있는 것 같아요. 하지만 주변만 살펴봐도 그렇지 않다는 걸 알 수 있죠. 저도 글이 잘 써지는 때보다 잘 써지지 않는 때가 더 많아요. 저는 쓰기의 기본값을 잘되고 잘하는 것이 아니라 못하고, 잘 안 되는 것으로 삼습니다. 그러면 오히려 잘 안 되어도, 잘 못해도 괜찮고, 잘되면 더 크게 기쁘더라고요." 하고 답했다.

성공이 아니라 실패를 기본값으로 삼자는 작가의 애정 어린 조언에 질문했던 사람도, 답을 듣던 사람들도, 나도 고개를 끄덕였다. 새로이 답을 찾게 되어서가 아니라 이미 알고 있던 답을 확인한 것 같은 기분에서였다. 그날부터였다. 한동안 꽉 막혀 있던 글이 물에 불은 밥알처럼 술술, 끈 풀린 운동화처럼 스르륵 쓰였다.

어제 대학수학능력시험이 끝났다.

이런 문장으로 글이 열리면 실패했다기보다는 성공했다는 것으로 무조건 글을 닫아 주고 싶다. 응원하고 싶다. 정답 찾기에 애써 성공했더라도, 다소 실패했더라도 괜찮다고. 실패와 성공이 점수로만 산출되는 것이 아니라는 시금털털하고 뻔한 얘기도 새삼 덧붙여 주고 싶다. 더불어 그런 글의 끝에는 꼭 대학수학능력시험과는 상관없이 어제도, 오늘도, 내일도 실습 현장에 머무는 고3들의 건강을 응원하는 말이 보태져야 할 것 같다. 안전이 기본값인 삶을 기원하는.

나는 여전히 운동 중이고, 며칠 전 3개월 수강권을 끊었다.

실패하고 싶다. 어서, 빨리. 아니 느리게.

나만의
지도를
가진 사람

방향에 대한 감각이 무디어 길을 자주 헤맨다. 처음 가는 동네에서만 그러는 것이 아니다. 서너 번 갔던 동네에서도, 한 달에 한 번씩 오가는 동네에서도 그새를 못 참고(?) 길을 잃는다. 한번은 대전의 한 책방으로 행사하러 갔다가 '도보 10분. 직진, 우회전, 직진, 건널목 건너 직진, 좌회전, 두 번째 골목, 첫 번째 건물 2층'을 찾아가지 못해 행사 시작 5분을 남겨 두고 부랴부랴 택시를 잡아탄 적도 있다.

길치. 길치의 치癡는 '그것에 서툴거나 그와 관련된 일을 잘 못하는 사람'이라는 뜻을 더하는 말. 문제는 내가 그냥 길에 서툰 사람이 아니라 감을 믿는 사람이라는 것. 이 방향으로 가면 왠지 나올 것 같다는 느낌을 믿고, 간다. 주저 없다. 그렇게 해서 목적지와 정반대 방향으로 30분을 굳건히 간 적도 있다. 이러한 경험에 비춰 보면 주저 없이 굳건히, 라는 자세보다 어떤 일에 있어 선뜻 결정하지 않고 망설이는 것이 슬기로운 삶의 자세이다.

그래서 휴대전화에 깔게 된 것이 각종 지도 앱이다. 그러나 결론부터 말하자면, 나는 실시간 안내를 자랑하는 성능 좋은 지도를 보면서도 길을 통 찾지 못한다. 어느 날에는 지도를 보았기에 길을 잃기도 했다. '최단 거리' 안내를 따라가지 않고 돌아 돌아서 갔더라면 조금 덜 늦게 약속 장소에 도착했을 텐데. 깨달은바 직진만이 최단 거리를 만드는 것은 아니다.

이런 내게 지도를 볼 줄 아는, 지도 없이도 길을 잘 찾는, 이렇게 해서 저렇게 오면 된다는 두루뭉술한 설명에도 목적지를 찾아가는 한 지인은 특정 지형지물을 잘 기억해 두는 것만으로도 길 찾기가 한층 수월해진다고 귀띔해 줬다. 좋은 방법이군. 기억했다. 흰

벽돌 건물을 빨간 벽돌 건물로. 편의점을 끼고 돌아야 하는 것을 카페를 끼고 도는 것으로. 지인은 그 정도면 방향 감각이 아니라 기억력에 문제가 있는 게 아니냐고 뜨악해했다. 머뭇거리다가 "그래도 크게 불편한 게 없지? 그냥 괜찮다고 생각하지?" 물어 왔다. 고개를 끄덕였다.

헤매는 시간을 고려하여 미리 움직이면 늦지 않고 제때 도착할 수 있고, 길을 잃었기에 찾게 된 골목과 카페와 음식점과 책방이 있다. 길을 물을 때 길을 알려 주는 사람이 있다는 것과 길을 물어도 길을 알려 주지 않는 사람이 있다는 것을 알았고, 때로는 길을 생각하지 않고 움직여야 자유로워질 수 있다는 점을 배웠다. 길 위에 잠시 멈춰 서서 주위를 살피면 길은 어디에나 있고 방향을 결정하면 새로운 길이 생겼다. 그런 나여도 좋았다.

근래 들어 한동안 출렁였다. 마음이 이랬다저랬다

해서 도무지 갈피를 잡을 수 없는 나날을 보냈다. 남이 아니라 내가 나에게 연이어 실수했다. 그것을 참기 어려웠다. 내가 나한테 사과하고, 사과를 받고, 다시는 그러지 말자며 다짐하고, 같은 실수를 반복하는 일이 이어지니 괴로웠다. 누구도 미워하지 않는 사람이 되려다 나는 나를 미워하는 사람이 되었고, 모두를 사랑하는 사람이 되려다 나는 나를 외로이 버려두었다.*

마음 밖에서 길을 찾을 수 없어서-어쩌면 밖에서는 찾기 싫어서-마음 안으로 들어섰는데 그곳에는 길조차 없었다. 그 마음에는 오직 바닥과 허공뿐. 그 사이를 떠다녔다. 부유하는 유령. 마음에 그런 게 깃들면 귀신같이 몸이 아프다. 아픈 몸으로 바랐다. 마음에 길이 나기를. 그러기만 한다면 바닥에 착 붙어

---

* 강아솔 앨범 〈아무도 없는 곳에서, 모두가 있는 곳으로〉 (2023) 중 '누구도 미워하지 않는' 가사 인용.

걸어 다니리라, 돌아다니리라, 예전처럼 사뿐사뿐 산책하리라 결심했다. 마음의 길잡이가 꼭 나만은 아니어도 좋으리. 그런 사람, 그런 식물, 그런 동물, 그런 글을 소원했다. 지도가 되어 주는. 지도의 실용을 마음으로까지 연결하면서 알았다. 복잡하여도, 단순하여도 마음 사방으로 길이 나 있는 사람이 건강한 사람이다.

그즈음 내 마음의 병을 가장 먼저 알아본 이는 함께 앤솔러지 작업을 진행하던 편집자였다.

"어쩐지 약간 파편적으로 읽히기도 했습니다……."

그가 보내온 메일을 읽고 멈칫했다. 글로 사람은 속여도 글이 사람을 속이지는 않는구나. 처음에는 '네, 그게 지금의 저예요.' 하고 답장을 적어 보내려다가 고심했다. 되돌아보게 되었다. 내가 나를 어떻게 내버려두었는지. 자기 돌봄에 대한 의지 없이 떠밀려

다니며 잊어버린, 잃어버린 것이 무엇인지 곱씹어 봤다. 이렇게 산다면—살고 있기는 한가?—산산이 부서져서 파편도 없이, 가루가 되어 살게 된다면…… 웬일인지 다시 쓰고 싶었다. 다시 마음 밖으로 나가 길을 찾고, 길을 잃고, 길을 묻고 언젠가는 길을 알려 주고 싶었다. 여러 날이 지나 퇴고한 원고와 함께 답장했다. 다시 답장받았다.

"비를 기다리는 마음이 눈을 기다리는 마음이 되기까지 거듭되었을 물결의 일렁임에 저도 따라 출렁였습니다……."

'출렁였다.'

마침내 어느 한 시절을 정확한 이름으로 호명할 수 있게 된 것 같았다. 그 전언에 밑줄을 긋자 새까만 마음에 흰 선이 생겨났다. 그 선 위로, 다시 그 선 옆으로, 또다시 그 선 아래로 선을 그으면 길이 되겠거

니 싫었다. 그즈음부터 쓰(이)게 될 어떤 글들을 하나
로 묶기 위해 노트북 바탕화면에 새 폴더를 만들며
이름 붙였다.

웃고 싶어졌어요.

종이 지도를 들고 제주도를 일주한 적이 있다. 접히
고 펼쳐지는 선을 따라 너덜너덜해진 지도를 투명 테
이프로 붙이고 들고 다니며 동그라미를 치고 도장을
찍고 색을 칠했다. 지도 위에, 지노에는 없는 것을 표
시하는 일이 즐거웠다. 그 각양각색이 나만의 지도라
는 것이. 그러고 보니 나는 길치가 아닌 사람을, 지도
를 잘 보는 사람을 한번도 부러워한 적이 없다. 내가
오로지 부러워한 사람은, 지도에 한가득 맛집이 찍혀
있는 사람이었다. 어디 하면 여기 하며 앱을 켜고 자
신만의 맛집 지도를 보여 주는 사람. 그럴 수 있다면,
유령이 사는 마음을, 비를 기다리는 마음을, 눈을 기

다리는 마음을, 출렁이는 마음을 보여 주는 지도 앱 하나쯤 있어도 좋겠다. 나를 미워하지 않는, 나를 외로이 버려두지 않는 사람이 되기 위한 길을 찾아 주는. 길을 찾으려다가 오히려 길을 헤매게 하는. 이렇게도 덧붙이고 싶다.

당신이 가진 지도가 당신을 보여 준다!

계절을
그리는
사람

입춘이 되자 기다렸다는 듯 SNS에 봄과 관련한 사진과 글이 일제히 올라왔다. 봄에는, 봄이니까, 봄이다, 하며 게시된 싱그러운 다짐과 안부들이 겨우내 앙상하던 나뭇가지에 돋는 연둣빛 새순 같았다. 지난 새해에노, 연말에도, 성탄절에도 그랬던 것 같다. 그날만을 기다렸다는 듯이. 3월 입학 시즌에두, 5월 어린이날, 어버이날, 스승의날에도, 9월 한가위에도 그럴 것이다. 신입생의 마음으로 힘차게 계획을 세우고, 다 큰 어린이가 되어 당당히 선물을 요구하고, 평소에 전하고 싶은 다정한 말을 꾹꾹 눌러 담아 부모님과 선생님께 마음을 전할 것이다. 모두가 그날이 오기만을 바랐다는 듯이.

'기다렸다는 듯이 일제히.'

어떤 표정에는 이런 이름을 붙일 수도 있을 테고, 그런 표정을 짓고 있는 얼굴을 떠올리면 미소가 절로 지어진다.

급식실과 매점으로 달려가기 위해 종이 울리기만을 기다리는 학생들의 표정과 칼퇴근을 위해 가방을 미리 싸 두고 신발까지 갈아 신은 채인 직장인들의 표정, 육아 퇴근 후 맥주 한잔을 위해 젖 먹(이)던 힘까지 끌어올리는 생활 동반자들의 표정, 사랑하는 사람의 생일을 가장 먼저 축하해 주기 위해 11시 59분부터 시간의 흐름을 점검하는 연인들의 표정은 모두 다른 듯 같게만 느껴진다. 귀여워!

그러나 많은 사람이 한결같은 마음으로 염원하는 일. 그 표정이 항상 귀엽고 밝은 것만은 아니다.

전 세계 많은 이가 '메리 크리스마스'와 '해피 뉴 이어'를 외칠 때 전쟁이 끝나기를 간절히 기도한 수많은 사람이 있었고, 화재를 진압하다 순직한 소방관 두 명의 명복을 빌며 다시는 같은 일이 반복되지 않기를 슬픈 얼굴로 바란 사람들도 있을 것이다. 누군가는 51년 만에 가장 따뜻한 입춘이었다는 소식을 접하고 기후 위기 시대를 염려했을 것이며, 2014년 4월 16일(세월호 참사)로부터의 10년과 2022년 10월 29일(이태원 참사)로부터의 1년을 연결하며 조속한 진상 규명을 소원한 이, 더 나은 대한민국을 위해 누구에게 소중한 한 표를 던져야 할지를 엄청 근엄하고 진지한 표정으로 고민한 사람도 많을 것이다. 직접 보지 않고도 알 수 있다.

당신은 어떤 표정으로 입춘을 맞이했는가?

아시안컵 4강에서 한국이 아쉽게 탈락했다는 소식과 함께 밤늦도록 경기를 관람한 '붉은악마'들의 후기가 실시간으로 SNS에 올라오는 중이다. 치킨과 맥주와 어우러지며 한마음으로 응원하는 모습, 고개 숙이지 말아요, 선수들을 향한 격려 글부터 감독을 향해 날리는 뼈 있는 위트까지 점점 푸릇해질 봄의 정경인 듯 느껴져 산뜻한 웃음을 자아냈다.

입춘 이야기를 하다 보니 '여름에 그렸던 사람을 조금 더 그렸다'는 전욱진 시인의 시 〈입춘 소묘〉가 홀연히 떠오른다. 기다렸다는 듯 일제히 지난 계절 그리다 만 사람을 그리는 것도 참다운 봄의 일이겠다.

배추가 달큰해지는 계절의 책

《아이 러브 디스 파트》, 틸리 월든, 미디어창비

버스에서 교복 상의 위에 두 개의 명찰을 (당당히) 달고 있는 한 학생을 보았습니다. '태우'와 '하영'이었습니다. 모르긴 몰라도 그건 연애의 증표 같은 것이었을 텐데, (그래서 살짝 웃음이 나왔고) 생뚱맞게도 궁금해졌습니다.

'너의 이름은 태우일까, 하영일까.'

연애의 밖에서 태우는 어떤 침묵 속에 있을까요. 연애를 벗어난 하영은 어떤 말할 수 없는 비밀을 간직하고 있을까요. 연애란, 한 사람의 전체를 사랑하는 일이 아니라 한 사람의 부분, 부분을 사랑하여 결코 한 사람의 전체를 사랑할 수 없음을 깨닫게 되는 일이지요…….

《이것 좋아 저것 싫어》, 사노 요코, 마음산책

"눈치 보지 않고 싫다고 말하는 행복".

이런 행복을 아무렇지 않게 누리며 사는 사람은, 과연 어떤 사람일까요?

(좋아하는 것보다 싫어하는 게 많아져서 좋아하는 걸 더 열심히 좋아한다는 사노 요코 할머니는 언제부터 그런 '강심장'이 되었을까요?)

거절 못 하는 사람으로 살다 보니 가끔은 작정을 하고 그것도 싫고, 저것도 싫고, 다 싫다고 말해 버리게 됩니다. 운이 없게도 까칠해진, 삐딱해진 김현에게 걸린 사람은 어리둥절 놀라곤 하지요. 그러나 그러거나 말거나! 저는 슬그머니 문자 메시지를 덧붙이게 됩니다.

'사실은 제가 요즘 몸이 좋지 않아서…….'

만약 인생의 위기를 마주친다면 죽은 척을 합시다. 사노 요코 할머니의 말씀.

《천천히, 스미는》, 강경이·박지홍 엮음, 봄날의책

이제 육아를 시작한 지 9개월에 접어든 친구가 주말에 이런 말을 전해 왔습니다.

'오래오래 했으면…….'

사연인즉 아기를 남편에게 맡겨 두고 오랜만에 미용실에 왔는데, 날씨도 좋고, 가벼운 기분이 들어서 조금이라도 늦게 집으로 가고 싶다는 것이었습니다. 학창 시절에 함께 낙엽을 주워서 책장과 책장 사이에 꽂아 두던 사람이 부모가 되어서 마음과 마음 사이에 가벼운 책갈피 한 장 꽂아 두는 일을 이 토록 좋아하게 될 줄, 저도, 친구도 그땐 아마 몰랐겠지요.

《사라질 것 같은 세계의 말》, 요시오카 노보루, 시드페이퍼

어제는 한 국제 문학 행사-문장 수집 이벤트-에 참여했다가 미국에서 온 조엘 맥스위니 시인으로부터 '조약돌'이라는 단어를 전달받았습니다. 조. 약. 돌. 집으로 돌아와 침대에 누워서도 머릿속으로 단어를 한참 굴려 보았습니다. 지금, 이 글을 보고 있는 당신은 언제 마지막으로 조약돌이라는 단어를 말해 보았나요? 써 보았나요?

잠이 들 때까지 생각해 봐도, 크기가 자잘하고 모양이 동글동글한 돌을 이르는 저 단어를 저도 언제 마지막으로 사용했는지 기억이 나질 않더라고요. 먹고살며 내가, 우리가 쓰는 말이란 죄 거기서 거기인 셈인 거지요.

실용(?) 언어의 세계에서 뒤처지지 않기 위해 갑분싸, TMI, 엄근진, 인싸, 제곧내, 고답 같은 줄임말의 뜻을 풀어 놓은 이미지 파일을 채팅방에서 공유하곤 하는 우리는 곧 쓸모 있는 말들로만 이루어진 사람이 되겠죠? 될까요?

금방
사랑에
빠지는 사람

안암동에 자리한 '보리수'라는 이름의 카페에 들어와 앉았다. 감자수프와 작은 빵 두 조각을 먹으며 짧은 글을 고쳐 썼다. 창밖의 초록은 넓고 매미 울음소리, 가게 한쪽에서 누군가 책장을 넘기는 소리를 가만히 듣노라니 여름이구나, 싶었다. 곧 가을이네, 싶은 순간도 찾아올 것이기에 회진 중인 선풍기를 멍하니 바라보는 것도 좋았다.

저 바람은 누구에게로 가닿을까.

가닿고 싶은 마음으로 글을 쓴다.

가닿고 싶어서 한 사람을 자주 생각한 적도 있다. 옛날에.

옛날에는 사람에 빠져 살았다. 지금은 다른 사람보다 '나'라는 사람에 빠져 산다. 나부터, 나 우선주의로 산다. 요즘 너도나도 '돌봄'에 관해 얘기해서 하나마나 한 소리 같지만 돌봄은 나로부터 시작된다. 살아 보니 남부터 챙기고 나도 챙기면 되지, 하는 사람 치고(나 포함) 행복한 사람을 본 적이 없다. 그러니 이 글을 읽고 있는 퀴어 청소년이여! 지금부터, 너부터 챙기며 살도록 해. 가족도, 친구도, 연인도 다 남이란다. 짐이란다. 별거 아니란다. 자길 잘 돌보면 혼자가 더 낫단다. 인생은 짧고 남으로부터가 아니라 너로부터 행복을 찾아도 된단다.

그런데도 이상하지? 차가운 유리컵에 맺혔던 물방울이 흘러 탁자에 동그란 물의 테두리가 생기면 쓰게 된다. 보고 싶은 사람의 이름을.

학창 시절 홀로 커튼 뒤로 가 떨어지는 비나 흩날리는 눈송이를 보며 창문에 입김을 불어 썼던 이름들이 떠오른다. 닿고 싶던 사람들. 좋아하면서도 좋아한다고 말할 수 없어서, 누군가 알아챘으면 하면서도 누구도 알면 안 될 것 같아서 일기장에도 이니셜로만 존재했던 사람들. 그 애들을 간직하고 싶어서 교실 책상 귀퉁이에 나만 알아볼 수 있게 애정의 증표를 새겨 두기도 했다. 눈이 녹으면 흰빛은 어디로 갈까. 노래한 이도 있으니, 내가 탁자에, 창문에, 책상에 숨긴 사랑은 어디로 갔을까.

살다 보니 누군가가 종종 물어 오기도 한다.
"당신의 첫사랑은?"
그럼, 되묻는다.
"짝사랑도 포함인가요?"
그럼, 어떤 이는 답한다.
"물론."
또 다른 이는 다르게 대답한다.
"아니, 서로 좋아한 거."

짝사랑이면 중학교 때 그 애이고, 서로 좋아한 거면 고등학교 때 그 애 어쩌면 그 애인데…… 그 애들을 알 턱 없는 사람들에게 그 애들과의 일화까지 세세히 이야기하며 그 시절의 내 사랑을 체험케 하고 싶지만, 차마 대놓고 글로 쓸 수가 없다. 없을 거 같다. 쓰고 싶긴 한데, 나는 확실한데 그 애들이 '퀴어 러브 스토리'에 등장하는 걸 좋아할지 모르겠다. 읍내의 사랑이란 게 그렇다. 너무 좁아서 아, 하면 어, 하고 어, 하면 오, 하니까. 어디 헤테로*의 사랑만 자랑이 될 수 있나. 게이의 사랑도 자랑이 될 수 있는데 말이지.

문득 궁금해진다.

그 애들은 내가 글을 쓰는 사람이 된 걸 알까?

그래서 내가 자기들이랑 알콩달콩 교제한 얘길 쓰는 건 아닌지 어느 밤에 문득 염려하긴 할까?

---

*　　자신과 다른 성별에게 끌리는 성향. 이성애.

이제는 결혼해서 아들딸 낳고 잘 사는 그 애들. 축복해. 물론 언젠가 어느 소설에선가 넌지시-누군지 모르게, 라는 뜻-쓴 적 있다. 그 시절에 내가 사랑한 사람이 아니라 그 시절의 내 사랑을.

다시 궁금해지네.

이성애자들은 그 애를 좋아했네, 같은 사랑 이야기를 편히 쓸까? 그 애가 특정되면 안 되는데 하고 자기 검열을 할까?

퀴어는 자기 사랑 얘길 쓰는 것도 어렵다. 예전엔 그래서 너 쓰고 싶었다. 남이 좀 알아줬으면 싶었다. 우리(성소수자들)도 사랑한다. 어떤 사랑이냐면 편지를 주고받는 사랑, 자전거를 타고 다리를 건너 강가로 놀러 가는 사랑, 복도에서 마주치면 남몰래 한쪽 눈을 찡긋, 하는 사랑, 책가방을 들어 주는 사랑, 증명사진을 지갑에 넣고 다니는 사랑, 극장에서 처음으로 손잡는 사랑, 눈 내리는 날 가로등 아래에서 입 맞추는 사랑…… . 뭐 이렇고 이런 학창 시절의 사랑 애기를 한동안은 참 쓰고 싶었는데 이제 와선 안 써도 그만이지 싶다. 이미 다 쓴 건지도 모르겠고. 글로 복원하지 않아도 내가 처음으로 남자를 짝사랑했다는 것과 내가 처음으로 남자와 사랑을 나눴다는 사실은 변하지 않으니까.

그런데도 이상해.

이제 와 정작 말하고 싶은 건 혼자 하는 사랑도, 숨겨야 하는 사랑도, 다 남이고, 짐이고, 별거 아니어도 사랑한다는 거 나쁘지 않다는 거. 그러니 언젠가 자기를 '금사빠'라고 소개한 퀴어 청소년이여! 정말 잘 살고 있는 거야. 그래도 자기 돌봄의 달인이 되고자 애쓰는 비청소년 퀴어로서 한마디만 보탤게. 단, 차별과 혐오에 맞서는 꼿꼿한 사랑 얘기로만 너의 그 시절을 채우려 애쓰지 말길 바라. 존나 이기적이고 나쁜 사랑도 하렴. 욕도 먹어 보렴. 바닥도 쳐 보렴. 사과도 해 보고 헤엄쳐 보고 다시 떠오르기도 해 보렴. 그러니까 피해자다움 같은 성소수자다움에 빠지지 않기를. 오늘 나는 '지역 출신 개걸레의 사랑'이라는 제목의 글을 썼다는 돌기민 작가의 인스타그램을 보고 아, 나도 지역 출신이긴 한데 하며 그때 좀 더 자유분방하게 살 걸 하고 생각했단다.

바람이 분다.
이제 이 문장은 무슨 선문답 같은 게 되어서 뒤에 그게 인생이다, 그게 사랑이다, 그게 인간이다, 그게 퀴어다 하고 말을 붙여도 다 말이 되는 것 같다. 이런 말을 붙여도 말 된다.

바람이 분다. 선풍기가 돈다.

석가도 보리수 아래에서 바람 맞으며 깨달음을 얻었으니, 오늘의 깨달음. 아, 바람나고 싶네.
찡긋.

떡볶이와
마주 앉는
사람

떡볶이를 좋아한다. 쌀떡보다는 밀떡. ‘어묵파’는 말도 안 된다며 놀라겠지만, 부재료는 파 하나여도 족하다. 양념은 기름지고 꾸덕꾸덕하거나 국물이 흥건하다 못해 국 같은 거보다는 자작자작하여 처음엔 섯가락으로(이쑤시개로!) 떡 한 번, 파 한 번, 떡과 파를 동시에 건져 먹고 그다음 숟가락을 이용해 국물을, 국물과 떡을, 국물과 떡과 파를 한꺼번에 떠먹는 게 좋다. 요리의 킥은 쫄면 몇 가닥. 젓가락질 두세 번이면 없어질 양으로, 아쉬울 정도로. 그러니까 떡볶이를 살짝 거드는 정도로. 삶은 달걀은 혼자보단 둘 이상 먹을 때 필요한 요소가 되겠다. 흰자부터 툭툭 잘라 먹고 노른자는 팍팍 으깨어 마무리.

주머니 사정이 넉넉하지 않던 20대 때는 떡볶이를 자주 사 먹었다. 싸고 맛있고 배부르며 뒤처리도 간단한 음식으로 그만한 게 없었다. 스물여섯에 만나 오래 교제했던 이와도 즐겨 먹었다. 나를 만나기 전까진 분식을 즐기지 않던 그였지만, (시작하는) 연애란 게 원래 나 좋기보단 너 좋자고 하는 것이니까.

그런데도, 아니 그래서, 어느 날엔가는 내가 나서서 분식보다 더 건강한 음식을 챙겨 먹자며 마트 장바구니에 각종 채소를 그득 담기도 했더랬다. 그러나 아시다시피 그런 알콩달콩한 결심은 한순간. 짭조름하고 매콤하고 달콤하며 튀김과 순대를 곁들여 먹어도 맛있는 떡볶이는 언제나 되돌아왔다. 하루의 피로감이나 스트레스를 푸는 데 떡볶이만 한 것이 없었고, 우리 집이 24시간 줄 서 먹는 '떡볶이집 세권'이라는 게 떡볶이를 자주 먹을 수밖에 없는 이유가 되었다.

지하에서 반지하로, 지상으로, 다시 고층 임대아파트로 주거 공간이 바뀌는 동안 떡볶이집을 찾는 횟수도, 직접 요리해 먹는 일도 현저히 줄었다. 그사이 탄수화물은 줄이고, 채소와 단백질 위주의 균형 잡힌 식단으로 몸을 관리해 줘야 하는 나이에 이른 것이다.

어쩌다 예전 살던 동네, 여전히 성업 중인 떡볶이집 앞까지 가서도 떡볶이를 먹는 대신 '옛날에 참 맛있게 먹었는데.' 추억하며 자연스레 발걸음을 돌리는 걸 보면 이제 다시는 그때의 떡볶이는 먹을 수 없겠다는 생각이 든다. 지나가 버린 것이다. 음식에도 어떤 때가, 절정이라는 게 있는 것일까?

최근 옛 기억에 젖어 부러 발품을 팔아 '옛날 떡볶이'집을 찾았다가 '개인 사정으로 임시 휴업합니다.'라는 문구 앞에서 머뭇거리다 돌아온 적이 있다. 언젠가 어딘가 누군가 무언가를 떠올리며 머뭇거리는 순간 내면에 맑은 눈동자가 생겨나기도 한다. 철학자

파스칼은 인간의 불행이 조용하게 가만히 있지 못하는 것 때문에 생기는 것이라며 잘 살고 싶으면 아주 맑은 눈을 가질 수 있어야 한다고 했다. 이때의 맑은 눈이란 멀리 바깥을 보는 눈이 아니라 내 안을 깊이 들여다보는 눈이다. 그런 눈이라면 미래나 과거도 현재처럼 볼 수 있다.

주머니 사정이 넉넉하지 않은 연인들을 배부르게 했던, 야근을 밥 먹듯이 하던 사회 초년생의 스트레스를 풀어 주던, 촛불을 들고 광장에 모여 탄핵을 외치곤 헛헛한 속을 채우려고 먹었던 떡볶이. 그러나 뭐니 뭐니 해도 '최고의 떡볶이'는 학창 시절 독서실 앞에서 먹던 떡볶이다.

둘리분식. 대여섯 평 남짓의 작은 가게에서 팔던 국물 떡볶이는 언제 먹어도 맛있지만, 야간자율학습을 마치고 집으로 바로 가는 대신 독서실에 들러 자리에 가방을 휙 던져두고 나와 삼삼오오 모여서 먹어야 제맛이었다.

그때의 떡볶이에는 맛이라고만은 설명할 수 없는 무언가가 첨가되어 있었다. 그땐 떡볶이가 먹고 싶은 것만큼이나 떡볶이를 앞에 두고 대화하고 싶었다. 눈빛을 나누고 싶었다.

그 무리에 '그 애'가 있으면 티 나지 않게 그 애가 집어 먹은 떡에 붙어 있던 떡을 재빠르게 먹곤 했다. 그렇게라도 가까워지고 싶었다. 그때는 '간접 키스'라는 말을 서로 장난스럽게 했다. 요즘에도 이런 말을 쓰는지 모르겠지만 간접 키스라도 이루기 위해 부단히 애쓰는 10대는 지금도 있겠지.

가까워지고 싶은 거. 그때나 지금이나 사랑이란 그런 거다. 앞으로도 그럴 것이다. 그러니 가까이 오길 기다리지 말고 가까이 다가가길!

그 옛날 자그마한 분식집에 어울리는 게 어디 그

애와 나뿐인가. 종일 우중충한 얼굴로 교실을 배회하던 친구와 나란히 앉아 떡볶이를 먹다 보면 다 먹기 전에 '사실은' 하고 고백이, 고민 상담이 시작됐다. 두어 개의 떡이 늘 남았다. 그 짧고도 긴 얘기 끝에 둘이 함께 밤길을 걷다가 헤어져 홀로 올려다본 밤하늘의 별빛은 유난히 빛났고 밤바람은 더 상쾌했다. 친구가 말하고 나는 주로 들었을 뿐인데 내가 주로 말하고 친구가 주로 들어 준 기분이었다. 생각해 보면 10대의 우리는 고민을 공유하는 공동체였다.

내가 친한 친구에게 처음으로 커밍아웃을 한 것도 그 분식집이었다. 내 말을 들은 친구는 아무렇지 않은 듯 평소와 다름없이 굴었고 우리는 달걀노른자까지 으깨 먹으며 접시를 깨끗이 비웠다. 이후로도 우리는 '둘리분식'을 자주 드나들었다. 그 친구와 먹는 떡볶이가 변함없이 맛있다는 사실이 기뻤다. 그 친구는 그때의 우리를, (아마도) 자기 생의 첫 게이를 어떤 식으로 기억하고 있을까? 이제는 연락이 끊긴 그 친구가 맑은 눈으로 세상을, 자신을 바라보는 사람이 되어 있다면 좋을 텐데.

둘씩 서너 명씩이 아니라 혼자 먹어도 좋은 음식이 또한 떡볶이였다. 그런 날은 대개 기분 좋은 날이 아니라 울적하고 기운이 없는 날. 분식집 아주머니가 건네는 말 한마디(오늘은 왜 혼자 왔어?)가 따뜻한 힘이 되어 주는 그런 날에는 괜히 책 한 권을 펼쳐 들고 앉아 깨작깨작 떡볶이를 먹으며 나는 누구인가, 내가 원하는 것은 무엇인가, 산다는 거, 죽어 버릴까, 온갖 생각에 바람을 넣었다 뺐다 하곤 했다. 그러면, 그랬을 뿐인데도 어느새 너무 부풀어서 터질 것 같던 '생각 풍선'이 적당히 작아져 있었다. 오늘은 많이 못 먹었네? 분식집 아주머니의 말 한마디가 매듭이 됐다. 먹다 남은 떡볶이를 포장해 왔다. 그걸 다시 먹은 기억은 없고. 생각에도 어떤 때가, 절정이 있는 걸까?

아무것도 없이 오로지 떡볶이와 마주 앉아 생각하는 사람이 되어 보는 경험은 10대가 아니고선 할 수 없다. 지금도 나는 종종 그걸 재현할 뿐이다.

어제 점심 먹고 산책하다가 동료들과 종종 가던 회사 앞 즉석떡볶이 가게가 '감성 포차'로 바뀌어 있는 것을 보았다. 떡볶이집과는 다소 어울리지 않게 프랑스식 상호가 붙어 있어서 갈 때마다 매번 이름을 잘못 말했던, 추억이 있는 곳이었다. 이 근방에 식당이 생겼다가 없어지고 다시 생기는 일은 흔하디흔한 일이지만 다른 식당과는 다르게 어째서인지 더 아쉬운 마음이 든다. 삼삼오오 모여 앉아 떡볶이가 보글보글 끓기를 기다리며 나누었던 밥상머리 대화가 백반집의 그것과 크게 달랐던 것도 아닌데 어떠한 렌즈의 왜곡인지 그때 우리는 잠시 3, 40대의 직장인이 아니라 독서실 앞 자그마한 분식집에 모여 앉은 '어른 아이들'의 표정을 짓고 있었던 것 같다. 표정에도 어떤 때가, 절정이 있다.

오늘 점심의 표정은 '시장 떡볶이'로 해야겠다.

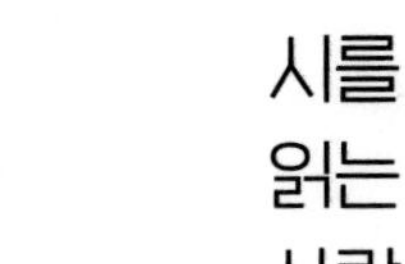

시를
읽는
사람

가끔은 시 한 편이 인생의 스승이 되기도 한다.

시라는 선생님은 정답을 콕콕 집어 주지 않고, 정답과는 거리가 먼 것 같은 말들을 통해 답을 이해하게 한다. 말하자면 질문을 질문하도록 하는 것이다. 그래서 시를 읽을 때마다 우리 가슴속엔 정납이 아니라 질문이 차곡차곡 쌓인다. 가슴에 질문을 가득 담은 사람을 향해 우리는 말한다.

'저이는 참 시적인 사람이야.'

시적인 사람이려거든 누구에게든 많이 물어보고, 무엇이든 궁금해하면 된다.

참 쉽지 않은가.

이맘때면 늘 찾아 읽는 '여름의 시'도 있다. 다니카와 슌타로의 〈네로〉라고 하는 시다. 이 시에는 '사랑받았던 작은 개에게'라는 부제가 달려 있는데, 그 개 이름이 바로 네로다. 과거형으로 적은 걸 보니 현재에는 사랑받지 못하고 있거나 사랑받을 수 없는 처지에 놓여 있는 것 같다.

그렇다. 이 시는 열여덟 번의 여름을 알고 있는 한 사람이 단 두 번의 여름을 알았을 뿐인 작은 개를 떠올리는 시다. 죽은 생물을 그리워하는 생물의 사연은 모르긴 몰라도 무척 처연하다. 그런데 이 시는 그런 청승과는 거리가 멀다. 오히려 푸릇푸릇한 삶의 감각을 생동감 있게 전달한다. 죽은 개의 침묵과 새로운 여름이 온다는 살아 있는 인간의 말이 어우러져 읽는 이의 마음을 똑똑 두드린다. 생각의 문을 열게 한다. 낙엽 지고 눈 내리는 계절 나는 매번 이 시를 읽으면서 깨치곤 한다. '올여름에도 나는 살아 있었구나.' 하고. 살아 있다는 이유로 스스로 묻는다. 나는 지난여름, 몇 해 전 봄, 그 계절에 죽은 사람들에게 부끄럽지 않은 생명인가, 하고.

그러니까 시 한 편은, 어느 한밤 생과 사, 존재와 소멸, 부끄러움에 관하여 자문하게 한다. 이불 속에선 누구나 철학자이고, 몽상가이며, 시인이라는 것을, 우리가 오랫동안 잊고 있던 사실을 일깨워 준다.

몇 해 건, 나는 두 명의 친구를 먼저 하늘나라로 떠나보냈다. 마음의 잡목숲에 고개를 처박고 있던 내게 이제 그만 그곳에서 나오렴, 하고 말 건네준 것이 또한 작은 개, 네로, 시인, 시, 내 인생의 스승이었다.

그런 의미에서 여러분을 위해 직접 쓴 시 한 편을 붙입니다.

띵동,[*]

마음에도

초인종이 있다면 좋을 텐데

비밀을 말하고 싶을 때 띵동,

문이 열리면

들어갔다 나왔다 가벼워질 텐데

문이 열리지 않아도

다음에 다시 와야지

하염없이 서 있을 필요가 없을 텐데

---

[*] 《도넛을 나누는 기분》(창비교육, 2025)

그 애가 띵동,

내 마음의 초인종을 누른다면

한 번은 문을 열고

한 번은 문을 열지 않을 텐데

그러면 그 애가 다시 오겠지

아니면 내가 가서 띵동,

우리 둘이라면

불안의 접시 위에 담긴 비밀을 나눠 먹고

접시쯤이야 쉬이 깨뜨릴 수 있을 텐데

누가 초인종을 누르면

이불을 뒤집어쓴 우리는

비밀의 세계에 오직 둘뿐인 듯

서로를 조용히 바라보며 있을 텐데

입술에도 땡동,

초인종이 있다면 좋겠다고 생각할 텐데

자기에게
선물하는
사람

생일을 맞아 특별히, 는 아니고 근래 힘에 부치는 인간관계들로 인해 나를 먼저 챙기는 삶을 살고자 다짐한바 내가 나에게 선물을 주기로 했다.

월급날이면 종종 꽃 한 다발, 호주산 소고기 스테이크, 산뜻한 핸드크림 같은 걸로 노동의 피로를 풀어 온 터라 그런 것과는 뭔가 달라도 다른 것을 소원했다. 평소에 갖고 싶던 물건, 먹고 싶던 음식, 가고 싶던 여행지(호텔) 등이 후보에 올랐다. 비싸거나 멀어서 선뜻 손이 가지 않던 것들이었다. 고르자고 작정하니 그런 것들이 참 많았다. 새삼 물질의 시대에 산다는 것이 실감 났다. 돈의 시대. 돈이면 해결하지 못할 게 없다는 인간의 오만을 자주 목격하며 '돈이면 뭐든 다 되는 시대'라는 말을 주의 깊게 살펴 써야지 하면서도 그 말이 절로 입 밖으로 새어 나왔다.

더 좋고, 더 맛있고, 더 멋있는 걸 검색할수록 풍선에서 바람이 빠지듯 빵빵하게 부풀었던 자기 돌봄의 마음이 금세 납작해졌다. '더 더 더'가 점점 더 모든 걸 일반적으로 만들었다. 그러던 차에 '청소년성소수자지원센터 띵동' 인스타그램에 올라온 반가운 소식을 접했다. '오버더레인보우'라는 이름의 캠페인에 관한 것이었다.

"기념하고 싶은 특별한 날, 기분 좋은 마음을 나누는 기부 캠페인입니다. 나만의 기념일, 우리만의 특별한 날 띵동 기부로 기념해 보세요. 의미 있는 날을 오래 기억할 수 있도록……."

무지개가 그려진 카드 뉴스에 적힌 글을 보노라니 쭈글쭈글해졌던 마음이 다시 둥그스름해졌다. 돌봄을 나눔의 영역으로 확장하니, 우물쭈물 망설이던 마음이 되레 약간은 우쭐한 기분이 되어 속전속결.

'학창 시절 띵동과 같은 곳을 알았더라면 저는 조금 더 일찍 기쁨형 인간이 되었을 거예요.'라는 기부 메시지를 적고 입금까지 하니 띵동과의 귀한 인연이 다시금 되새겨졌다.

위기 상황에 놓인 청소년 성소수자를 상담하고 지원하는 '띵동'을 처음 알게 된 건 2015년 3월이다. 그때 나는 이미 청소년기를 훌쩍 지나온 성인이었으나, "띵동 활동가 '띵가띵가'를 모집합니다."라는 공고를 보자마자 그 퀴어 청소년들 속에 10대의 나를 포함해 보게 되었다.

한 사람의 어떤 시절은 시간의 흐름과는 무관하게 마음속 저 깊은 곳에 그때 그 상태로 멈춰 있다가 움직이고, 움직이다 다시 멈추기를 반복하기도 한다. 내겐 10대 시절이 그렇다. 잊을 수 없는, 잊고 싶은, 잊어서는 안 되는. 여러 개의 시곗바늘이 하나의 시간을 구성하는 복잡한 시절이었다고 할까.

물론 이제 나는 그 시절의 소용돌이에서 한두 발자국 떨어져 있다. 시간이 약이다, 라는 식으로 그저 견뎌서는 아니고, 그때의 나에 관해 말하고 쓰기를 계속했기 때문이다. 나다움을 챙기는 시간. 성장이란 그 시간의 총합을 달리 이르는 말이기도 할 것이다. 우리는 혼자 성장하지 않는다. 나를 있는 그대로 받아들이고 지지해 주는 이들과 한 사람의 고유성은 물론 다양성의 가치를 일깨워 주는 경험들은 우리가 커지고 늘어나고 자라나는 동안 분명한 힘이 된다.

나와는 다르게 지금의 청소년 성소수자들이 조금 더 일찍 그 힘을 느낄 수 있도록 해 주면 좋겠다 싶은 마음으로 띵동 활동가에 지원했다. 그게 그때의 나와 지금의 나를 위한 일이겠다는 생각이 들기도 했다. 그렇게 나는 '띵동의 가치를 띵동과 같이 나누는 사람'이 되어 2년 넘게 청소년 성소수자들을 만났다. 그들의 얼굴, 몸짓, 목소리에 나를 포개면서, 그들 또한 내 얼굴, 몸짓, 목소리에 그들을 포개어 보기를 바

랐다. 영화나 드라마 속에 등장하는 가공의 인물이
아니라, 그들 눈앞에 한 명의 성소수자로, 아주 구체
적인 사람으로 존재하고 싶던 시간이었다. 그들이 내
앞에 그렇게 존재함을 확인했기 때문이다.

　10대 시절 나와 같은 사람이 실재한다는 것을 경
험했다면 어땠을까. 앞서 밝힌 바와 같이 그때 띵동
과 같은 단체를 알았더라면 나는 더 일찍 다른 미래
를 위해 목소리를 내는 공동체의 일원으로 기쁨을
얻었을 것이다. 그랬다면 우리 곁에, 우리 반에도 있
는 퀴어라는 말을 의심 없이 희망의 불씨로 삼았을
것이다.
　여러 이유로 세상과 혼자 맞서게 되는 10대의 이야
기는 비일비재하지만, 그 많은 이야기 중에서 '퀴어
스토리'를 찾아볼 순 없는 학창 시절을 보냈다. 당시
내가 (남몰래) 찾아 읽을 수 있던 퀴어 스토리는 두꺼
운 의학 서적 한쪽에 '정신병'으로, 끔찍한 '질병'으로

분류된 내용뿐이었다. 다행히 이제 와선 그런 오류들이 대부분 바로잡아졌다. 많은 이들이 끊임없이 세상의 혐오와 폭력에 맞서며 자신에 관해 이야기하기를 멈추지 않았기에 가능했던 일이다. 불가능한 것을 가능한 것으로 바꾸면서 우리는 성장하기도 한다. 내가 성소수자의 삶이 구체적으로 담긴 이야기를 찾다가 결국에는 나에 관해 글을 썼듯이 말이다.

"태어나서 (게이) 시인 처음 봐요."

명동에서 만나 정담을 나눴던 한 청소년의 맑은 얼굴이 문득 떠오른다. 너무 자연스럽게 죽고 싶다고 말했던 그 청소년의 얼굴을 맑다고 해도 되려나 싶지만, 그가 그런 끔찍한 말 뒤에 조잘조잘 들려준 사랑 이야기에 기대어 보면 깊고 맑은 호수의 수면 위로 퍼지는 잔물결을 생각하고 싶어진다. 지금쯤 그는 어떤 어른이 되어 있을까. 그도 나처럼 생일을 맞아 자기를 돌보는 사람이 되었을까. 그날, 그가 내게 들려

준 어두운 얘기 끝에는 "쓰고 싶어요."라는 부푼 희
망이 매달려 있었다. 그는 쓰는 사람이 되었을까. 그
가 비 온 뒤 무지개 끝에서 발견한 것이 무엇일지 궁
금해진다.

나를
아끼는
사람

무슨 일이 일어나기 전에 나타나 보이는 기미. 또는 앞으로 무슨 일이 일어날 것인지 예상하도록 하는 일이나 현상을 '전조'라고 한다. '전조 증상' 할 때의 그 전조다.

목구멍이 간질간질하거나 몸이 으슬으슬하면 감기나 몸살이 오겠구나 싶어서 약을 챙겨 먹고 따뜻한 차를 마시고 보양식을 챙겨 먹는다. 나 같은 경우엔 좋아하는 커피도 끊고 대신 쓰고도 단(?) 쌍화탕을 일부러라도 챙겨 먹는 편이다. 어릴 땐 잘 먹고 푹 자면 몸살감기쯤이야 툭 떨쳐 낼 수 있었는데. 나이가 든다는 건 뭐든 쉬이 떨쳐 낼 수 없는 상태가 되어 간다는 것이기도 하다. 무거워진다는 것이다. 그래서 그 가볍던 시절을 때때로 절절하게 그리워하기도 하는 것! 어쨌든 '너무 오래 나에게 무심했구나.' 자기를 측은하게 여겨 자체적으로 한 며칠 나를 위한 시간을 보내고 나면 다시 새로운 기운이 솟아서 영차영차 일상을 살게 된다.

질병의 전조 증상처럼 마음의 병을 예고하는 증상도 있다. 'CES-D척도'는 가장 많이 사용되는 우울증 선별 검사 중 하나이다. 총점이 16점 이상이면 경증의 우울 증상을, 21점 이상이면 중등도의 우울 증상을, 25점 이상이면 중증의 우울 증상을 가진 것으로 의심해 볼 수 있으므로 전문가와의 상담이 필요하다. 이 검사지는 다음과 같은 문장으로 시작한다.

'지난 일주일 동안 나는……'

행복했다.

생활이 즐거웠다.

미래에 대해 희망적이라고 느꼈다.

먹고 싶지 않았다.

세상에 홀로 있는 듯한 외로움을 느꼈다.

갑자기 울음이 나왔다.

일상의 순간순간을 복기하며 극히 드물다, 가끔 그렇다, 자주 그렇다, 거의 대부분 그렇다, 0에서 3까지 점수를 매기며 수치화되는 마음의 현황을 마주하다 보면 자세히 본 적 없던 감정이 보이고, 누구에게도 말한 적 없는 속말이 들린다. 그때 그 속말 중의 하나가 이런 것일 테다.

'마음이 텅 빈 것 같아요.'

마음이 텅 빈 것 같은 기분을 지난 일주일 동안 거의 대부분 느낀 사람과 극히 드물게 느낀 사람은 분명 다르게 산 사람. 전자는 마음에 큰 균열이 생기기 전에 '마음의 잔금'이라는 전조를 그냥 지나치지 않은 사람일 테고 후자는 새끼손톱만 한 '마음의 구멍'을 발견하고도 여러 이유로 눈을 꼭 감아 버린 사람일 것이다.

일주일이 아니라 한 달을 1년을 혹은 10년을 그리 산 사람도 있을 것이다…….

(그때의 나에게 그리고 오늘의 너에게)
물어볼게.

너는 어떠니?
지금 마음이 텅 빈 것 같니?
네 마음엔 잔금이 가 있니, 구멍이 뚫려 있니?
지난 일주일 동안 얼마나 자주 그리고 오래 마음에 관해 생각했니?

남이 아니라 너를 돌아본 적 있니?

'돌봄'이라는 단어는 건강 여부를 막론하고 건강한 생활을 유지하거나 증진하고, 건강의 회복을 돕는 행위라는 뜻답게 주로 타인을 위하는 행위 그리고 몸의 건강을 염려하는 말로 활용된다. 그러나 나를 타인으로 삼을 때 돌봄은 누구를 돕는 행위가 아니라 나를 위하는 행위가 된다. 그뿐인가. 몸과 마음이란 동전의 양면과 같아서 무엇을 먼저 돌보고 나중에 돌볼 것인지 순서를 매길 수 없다.

최근 몸의 이상 신호를 감지한 나는 병원을 찾고 약을 먹는 와중에 마음을 돌보기 위해 'CES-D척도' 검사를 하고(다행히 아직 상담과 약이 필요한 정도는 아니었다.), 스트레스 유발인자를 목록화하여 하나씩 지워나가는 '나 돌봄'을 행하는 중이다. '나를 지나치게 몰아세운다.'는 항목에 줄을 긋고 너무 당연해서 뺀

한 문장을 씩씩하게 써 보았다.

나를 나로서 아끼자.

그리고 이런 실천을 하기로 했다.

자기 전에 누워서 발끝 치기 200번.

'나를 몰아세우지 않고 나를 아끼기 위한 발끝 치기 200번?' 고개를 갸우뚱할 수도 있겠지만, 실제로 그 몸의 실천이, 그 작은 성취가 마음의 균열을 방지해 주고 메워 주고 있다. 두 다리, 두 발에 집중하여 1부터 200까지 세다 보면 어느새 마음이 투명해져서 이렇게 속삭이기도 했다.

'오늘은 억지로 기뻐했구나.'

나를 돌보는 시간이란 어쩌면 굉장히 특별한 시간이 아니라 오롯이 나에게 집중해 내 몸, 내 감정, 내 마음의 실체를 점검하고 보살피는 시간일 것이다. 그 흐름의 결과가 그저 '사실 확인'에 지나지 않을지라도. 돌이켜 생각해 보면 우리는 몸의 사실을 확인하는 일에는 관대해도 마음의 사실을 확인하는 데에는 인색하다.

발끝 치기나 기지개 켜기 같은 행위를 마음의 사실을 확인하기 위한 돌봄의 신호로 삼아 보는 건 어떨까. 숨을 들이마셨다 후— 내쉬면서. "지금의 나는 좋아지는 중이야." 내가 나를 토닥거려 주면서.

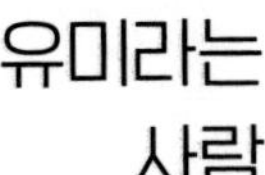

유미라는 사람

‘특성화고등학교’에 재학 중인 10대를 만난 적이 없
다. ‘실업계고등학교’에 다니던 10대나 인문계고등학
교 ‘취업반’이던 10대와는 만나고 어울렸다. 그중 한
사람이 ‘유미’다.

유미는 나의 누나다.

중학생 유미는 공부에 소질이 없었다. 밝고 씩씩했
다. 그런 유미가 집 근처에 있는 인문계고등학교 진학
에 실패하고 더 먼 거리에 있는 고등학교에 가게 되었
을 때 나를 포함해 우리 가족 모두는 그 사실을 퍽
탐탁지 않게 여겼다. 가물가물하지만 가족 누구도 유
미의 고등학교 입학을 기뻐하고 축하하지 않았던 것
같다. 유미 역시 그런 분위기를 느껴서인지 자기만의

방에서 우울한 시간을 보냈다. 그런 유미를 나는 애처롭게 생각했다. 어렸다. 그렇게 '예비 수험생'이 되지 못한 유미는 열일곱을 주눅이 든 채로 시작했다.

10대의 얼굴이 언제나 깨끗하고 맑고 자신 있는 것이 아니라 해도 집과 거리가 좀 멀 뿐인 고등학교에 다니는 동안 유미의 표정은 어두운 쪽에 가까웠다. 얼마 전까지 같은 교복을 입었던 이들과 '다른 교복'을 입고 등하교한다는 이유만은 아니겠으나 유미는 풀이 죽어 있었다. 수개월 후, 유미가 집 근처에 있는 인문계고등학교로 전학 오게 되었을 때 부모는 무거운 짐을 던 듯했다. 그걸 유미에게 숨기지 않았다. 그때 가족들의 반응을 살피며 유미는 어떤 기분이었을까. 지금에 와 생각해 보면 가장 큰 짐을 내려놓은 건 유미, 그 자신이었을 텐데 말이다.

그렇게 '인문계 교복'을 입고 활기차게 학교에 다니던 유미는 '취업반'에 배정되었고, 실습 나간 곳에서 경리 업무를 보며 사회생활을 시작했다. 일의 고충을 털어놓거나 힘듦을 내색하지 않던 유미에게 스트레스성 원형탈모가 생긴 게 그즈음인지 그보다 한참이 지난 시점인지는 정확히 기억나지 않는다. 그러나 머리에 500원짜리 동전만 한 '공백'이 생기면서부터 유미의 얼굴에서 천진한 10대의 표정이 사라지기 시작한 건 분명한 사실이다.

한번은 출근하기 싫다고 말하는 유미를 얕잡아 보며 대충 일하라고 심드렁하게 대꾸한 기억도 난다. 대학생 시절로 방학을 맞아 고향 집을 찾은 때였다. 지금이라면, 출근하기 싫어하는 얼굴을 마주하게 된다면 말이라도 당장 때려치우라고 할 텐데. 그 시절의 나는 나에게만 몰두하느라 다른 이를 잘 살피지 못했다. 지금이라고 크게 다르지도 않지만…….

늦었지만 이제라도 곰곰이 돌아보고 싶다. 유미의 텅 빈 마음을.

유미에게 10대는 어떤 시절이었을까. 유미에게도 스무 살에 이루고 싶은 꿈이 있었겠지. '진학반'이 아닌 유미에게 '캠퍼스의 낭만'을 대신할 만한 것들을 얘기해 준 사람은 없었겠지. 시험 성적과는 무관하게, 선입견 없이 유미의 이름을 친절하게 불러 준 이가 몇 명이나 있을까? 유미가 그런 게 가능한 일상 속에 존재했더라면 내 기억 속 10대의 유미는 아마도 조금 다른 모습을 하고 있을지도 모르겠다.

작가 은유는 《알지 못하는 아이의 죽음》에서 "특성화고 학생에 대한 편견은 대개의 편견이 그러하듯 '잘 모름'에서 생겨나고, 편견은 '접촉 없음'으로 강화된다."고 이야기한다. 같은 책에서 작가는 진학하는 10대를 표준값으로 상정하고, 학교와 학생을 서열화하는 공교육의 테두리 안에서 우리가 살펴 듣지 않으려 한 '목소리'를 듣게 한다. 그 경험은 '특성화고 학생=공부 못하는 학생' '공부 못하는 학생=현장실습생' '현장실습생=불우한 존재'라는 얄팍한 편견을 지우는 한편, 모든 10대들이 학교에서, 학교 밖에서, 집

에서, 집 밖에서, 대학에서, 일터에서 사람들과 어울려 지내며 다양한 경험을 쌓고 '성장하는 존재'라는 사실에 편견 없이 접촉하게 한다.

지금도 여전히 어떤 특성화고 학생은, 어떤 10대는, 어떤 청소년은 '아무것도 아닌 존재'로 취급받는다. 그들이 아이돌 그룹에 빠진 친구를 걱정하고, 친구와 떠나지 못할 여행 계획을 세우고, 친구의 이름표를 가방에 붙이고 다니는 평범하고 또 고유한 존재라는 것을 보지 못하고 듣지 못하고 느끼지 못하는 것이다. 알아야 보이고 들리고 느낀다. 알려고 해야 보이고 들리고 느끼게 된다.

청소년기란 나 혼자가 아니라 누군가와 함께 이룩하는 시절이다. 나의 삶을 토대로 너를, 타인의 삶을 살피고 염려할 때 그러니까 서로의 이름을 불러 주며 10대의 우리는 무럭무럭 자란다.

유미는 이제 어른이 됐다.

가사와 돌봄 노동을 전담하는 가운데 각종 자격

증을 따며 인생 2막을 준비하는 중이다. 그간 한번도 그래 본 적 없으나 유미에게 물어보고 싶다.

열일곱.

'구루뽕'으로 앞머리를 하늘 끝까지 세우고 스프레이를 뿌려 대던 그때의 유미는 어떤 사람이었냐고. 10대로 돌아갈 수 있다면 가겠느냐고. 학창 시절에, 안 보이는 곳에서도 많이 웃고 또 많이 울었냐고. 어떻게 살고 싶었냐고. 그때 누구에게도 말 못 한, 아니 누구랑도 말 안 한 이유가 있느냐고.

상상하건대, 유미가 하루의 살림을 마무리한 저녁에 소파에 등을 붙이고 앉아 천천히 자신의 열일곱을 되돌아보면 좋겠다. 그리고 그때의 유미를 기억하고 있는 이가 있음을 알게 되길. 유미가 '유미'의 어깨를 토닥거리고 손을 잡고 마침내 그 어떤 부끄러움도 없이 밝고 씩씩하게 미래를 향해 계속 나아가길. 이 바람은 유미와 또 모든 열일곱 살을 위한 것이기도 하다.

어른이 되고 싶은 계절의 책

《머나먼 섬들의 지도》, 유디트 샬란스키, 눌와

여행이라고는 학창 시절 수학여행이 전부인 친구가 한 명 있습니다. 집이 곧 여행지이며, 살림이 곧 모험인 친구가 어제는 무슨 바람이 불어서인지 "여행 가고 싶네."라는 말을 전해 왔습니다. 비로소 너도 어른이구나, 싶었습니다. 날씨 탓도 아니고 사람 탓도 아니고 업무 탓도 아닌데 어딘가로 훌쩍, 떠나고 싶은 기분이 든다는 건 '어른의 쓸쓸'에 스며드는 일. 그럴 때 어딘가 먼 곳에 나를 기다리고 있는 '섬'이 하나 있다는 생각은 유별나게도 가슴을 저릿하게 합니다. 친구에게 이제는 종종 여행을 다니자고 말을 건네자, 이런 대답이 돌아왔습니다. "벌써 피곤하다." 어른의 쓸쓸은 이렇게 어쩔 수 없는 일인가 봅니다.

《그해 가을》, 권정생 원작, 유은실 글, 김재홍 그림, 창비

그해 가을, 이라는 제목을 읽자마자 '하아' 하고 어딘가에 숨어 있던 '가을의 숨'이 터져 나왔다면, 당신은, 어쩌면, 어른.

지극히 주관적이긴 합니다만, 권정생 선생의 산문을 아직 읽지 않은 당신은 어른이 아닙니다. 권정생 선생의 산문을 읽고 '아, 좋다.' 하고 감탄하는 당신은 아직 어린이 어른. 권정생 선생의 산문을 읽고 '아, 슬프다.'라고 가슴을 쓸어내리는 당신은 아직 청소년 어른. 권정생 선생의 산문을 읽고 아무 말 없이 창밖을 가만히 내다보는 당신은, 어른입니다. 다 컸습니다.

《나는 오늘 혼자 바다에 갈 수 있어요 》, 육호수, 아침달

어릴 때는 혼자가 되는 일이 그렇게 싫더니 요즘은 혼자서, 그 심심한 상태로 하루를 마무리하는 데서 소소한 기쁨을 느낍니다. 그 순간에 하는, 혼자서 바다를 찾아가는 상상은 '어른의 상상'이지요. 어른이 아니고서야 한겨울에, 기차에, 밤바다에, 바닷바람에, 옛 추억에, 허름한 선술집에, 조개구이에, 한잔 술에 마음이 출렁출렁하겠습니까. 그렇지만 학창 시절에 그 선배는 그 나이에 '왜째서' 김광석이나 유재하의 노래를 그렇게 불렀을까요.

《영원한 외출》, 마스다 미리, 이봄

마스다 미리의 만화와 에세이를 좋아합니다. 대체로 싱거운 맛이 있어서요. 우리의 생활은 대개 밋밋하고 그런대로 그렇게 흘러가는 거니까요. 오늘의 인생을 한번쯤 돌아보는 건 생일이나 누군가 또 이 세상을 떠났다는 부고를 받을 때지요. 생일의 인생 점검은 대체로 살겠다는 다짐으로, 부고로 인한 인생 점검은 대체로 산다는 건 뭘까, 라는 의문으로 끝이 납니다. 다짐과 의문. 어른은 누구보다 이 두 가지를 성실히 해내는 사람이 아닐까요.

《천사들은 우리 옆집에 산다》, 정혜신·진은영, 창비

수년 전, 우리는 만 24세의 비정규직 노동자 김용균 씨의 죽음을 동시에 경험했지요. 컨베이어벨트에 몸이 말려 들어갔다는 처참한 얘기 앞에서 누군들 가슴이 철렁하지 않았을까요. 부모님이 사 준 양복을 입고 새 구두를 신고 수줍게 웃으며 뽐내던 故 김용균 씨의 생전 모습을 동영상으로 보았습니다. 생전 모습이라는 말은 매번 살아남은 자들을 깊은 슬픔의 구렁텅이로 밀어 넣지요. 그럴 때마다 우리는 믿을 수밖에 없습니다. 천사가 우리 옆집에 살고 있다고요. 당신과 내가 좋은 나라에서 만날 거라는 사실을요.

호흡
맞추는
사람

탁구, 테니스, 배드민턴의 공통점은 무엇일까?

공이 있다. 라켓이 있다. 네트가 있다.
그리고 '복식 경기'가 있다.

복식이란 양편이 두 사람씩 짝을 지어서 하는 시합을 말한다. 복식에서는 두 선수의 호흡이 승패를 좌우하는데, 경기를 보다 보면 신기하게도 다 느껴진다. '지금 저 두 사람 호흡이 잘 맞고 있구나.' '저 둘은 호흡이 영 안 맞는데?' 하는 식으로.

호흡을 살피는 재미. 내가 단식 경기보다 복식 경

기를 더 흥미로워하는 이유 중 하나이다. '저렇게 호흡을 맞추기 위해서 얼마나 애를 썼을까.' 감탄하고, '그렇게 오래 연습했는데도 호흡이 맞지 않는 건 무슨 이유일까.' 안타까워하며 경기를 지켜보노라면 재주를 겨루어 이기고 짐을 다투는 시합을 보는 것이 아니라 두 사람의 움직임, 합, 네 사람의 들숨과 날숨이 어우러지는 연주를 보는 것처럼 느껴지기도 한다.

몇 해 전, 친구를 따라서 처음으로 클래식 공연장을 찾았다. 정통 클래식이었다. 클래식 공연이라고 하면 많은 이가 '보다 조는 거 아니야?' 하는 염려를 먼저 한다. 나 역시 그랬다. 걱정하는 내게 친구는 이런 대답을 들려주었다.

"아니, 일단 가서 보면 알게 돼. 거긴 노동의 현장이야!"

친구 말마따나 오케스트라 연주는 분주한 일터였다. 연주자들은 쉼 없이 불고 켜고 두드렸다. 한마음

한뜻이 되어 '교향곡'이라는 한 호흡의 생산물을 만드는 현장이, 그 노동의 시간이 숭고하고 경이로워서 졸음은커녕 합주가 끝난 뒤에 수고하셨습니다, 하고 절로 손뼉을 치게 되었다. 그 후로 나는 클래식 공연이라는 말에 지레 놀라는 이의 손을 잡아끌면서 말하곤 한다.

"일하는 사람들 보러 가자."

언젠가 직장에서의 평가가 두렵다는 한 독자의 고민에 대한 답으로 복식 경기와 클래식 공연 이야기를 들려드린 적이 있다. 직장이란, 일이란 아무리 생각해도 단식 경기가 아니라 복식 경기이고 또한 합주 같은 게 아닐까 하는 생각을 건네어 드리고 싶어서였다.

특출난 한 사람으로 인해 프로젝트가 성공하는 것도 아니고, 한 사람 때문에 오랫동안 준비해 온 프로젝트가 어그러지는 일도 없다. 그런 의미에서 보자면

‘평가받기’와 ‘평가하기’란 따로 떨어진 일이 아니라 핑, 하면 퐁, 하는 ‘복식의 호흡’이 필요한 일. 평가를 받는 사람과 하는 사람은 상대방이 아니라 공을 넘겨야 할 네트를 앞에 두고 나란히 선 선수들일 터. 또한, 서로 다른 악기를 들고 한 편의 교향곡을 연주하기 위해 지휘봉을 주시하는 연주자들이기도 하겠고.

직장만 그런 것도 아니다. 교실의 일도, 학교의 일도, 학생, 선생, 학부모라는 ‘삼각관계’도 호흡을 맞추는 일. 되돌아보면 학창 시절 나는 단식보다는 복식에 강하고자 애썼다. 단짝 만들기를 좋아했고, 혼자인 척 둘이 하는 사랑도 열심이었다. 국어 선생님과 합이 잘 맞아서 자주 100점을 맞았고, 합이 잘 맞지 않던 수학 선생님의 꾸지람은 한 귀로 흘렸다(?). 스님이 되고 싶다고 해서―실은 게이라고 말하고 싶었는데― 부모 가슴을 철렁하게 한 적이 있으나 큰 말썽 없이 졸업과 입학을 이어 갔다.

요즘 학교는, 요즘 선생은, 요즘 학생은 ‘각개전투’라고 씁쓸하게 말하는 이도 많지만, 이런저런 일로 만나게 되는 선생님들과 학생들을 보면 요즘 학교도, 요즘 선생도, 요즘 학생도 호흡을 맞추기 위해 각자의 자리에서 최선을 다하고 있다.

환상의 호흡을 자랑하는 팀, 팀의 일원이 되기 위해 오늘도 애쓴 우리, 호흡을 맞추는 마음을 떠올리면 가쁜 숨이 차분히 가라앉기도 한다. 그렇지 않나?

자, 그런 의미에서 내일도 복식으로 호흡합시다!

꿈꾸게
하는
사람

올해 처음 열린 '퀴어 청소년 무지개 백일장'에 심사위원으로 참여했다. 당연하게도 나 어릴 적엔 없던 것이다. 꿈꾸던 것이다. 되돌아보면 중고등학교 시절 내내 문예부 활동하며 시도, 산문도 주야장천 썼는데, 있는 그대로의 나를, 내 안에서 꿈틀기리딘 감정들을 드러내 놓고 쓴 적 없는 것 같다. 나를 보기 위한 글쓰기가 아니라 남에게 보이기 위한 글쓰기를 했달까. 사랑 얘길 써도 '사랑은 교통사고(접촉 사고, 라고 썼을 수도)' 이렇게 넌지시.

교통사고든 접촉 사고든 '형 둘의 사랑은' 하고 다시 한번 글에 써야지, 하는 작가가 되었으니, 남에게 보이기 위한 쓰기도 오늘에 이르는 데 도움이 전혀 되지 않은 건 아니다. 사실 모든 작가는 나를 넘어 너를 위한, 보이기 위한 글을 쓰니까. 그래도 그때 '이게 나예요.' 하는 식의 글을 썼더라면(불려 가서 정신병자 취급을 받았겠지.), 부모든, 선생이든, 친구든 그걸 있는 그대로 읽어 줬더라면 좋았을 것이다. 그랬다면…… 그랬다면 뭐가 달라졌을까?

이번 백일장 주제는 '학교와 나 그리고 ○○○'이었다. 오늘날 학교 안팎의 퀴어 청소년은 어떻게 살고 있을까? 뭐가 달라지길 원할까? 학교와 멀어진 지 오래된 비청소년으로서 궁금증이 일었다. 그 시절의 나와는 다르게 차별 없는 환경에서 자기 정체를 긍정하는 밝고 씩씩한 청소년의 목소리를 듣게 되리라 기대했다.

그러나 응모작 대부분에 담긴 학교 풍경은, 소수자를 향한 시선은 여전히 반인권적이었다. 많은 청소년이 지금도 계속해서 드러내지 않고자, 들키지 않고자 애쓰고 있었다. 한 청소년은 학교를 소음으로 가득 찬 '공해의 세계'로 비유하기도 했다. 내 기대와는 달리 안전하지 않은 학교에서, 집에서, 거리에서, 퀴어 청소년들은 좀비처럼, 유령처럼 떠돌아다니는 중이었다. 그들은 멈추길(자리 잡길) 원하며 그런데도, 라는 단어에 힘입는 미래로 향하고 있었다. 그런데도 사랑에 빠지겠노라고, 그런데도 꿈꾸겠노라고, 그런데도 노이즈 캔슬링이 필요 없는 세상을 만들겠노라고. 그 상상과의 접속 끝에는 인제나 이런 뜨거운 부탁이 기다리고 있었다.

'그러니까 우리 죽지 말고 살아요, 살아 있어요.'

죽지 말자고 서로에게 손 내미는 세계.
퀴어들의 청소년기에는 예나 지금이나 그러한 간절함이 가득하다.

그러니까 있는 그대로 쓰고 읽어 줬더라면, 그랬다면 뭐가 달라졌을까?

달라졌을 것이다. 그렇게 열심히 살 결심을 하지 않고 종종 죽을 결심이나 했을 것이다. 청소년기에는 누구나 한번쯤 죽어 버릴까 생각하니까. 그 정도면 되니까.

어디서도 쓸 수 없고 누군가에게도 보여 줄 수 없는 글을, 속마음을 그대로 드러낸 글을, 살아야겠다고 다짐하는 글을, 자신이 아니라 자신을 둘러싼 세계가 달라지길 바라는 글을 살피는 동안 나는 심사할 수 있을까, 심사가 필요한 것일까, 라는 의문에 휩싸였다. 그 기록 자체가 이미 점수나 등수로 매길 수 없는 또렷한 성취라는 생각이 들어서였다. 생존을 위한, 생존자로 거듭나기 위한 글을 써 본 사람은 알리라. 아무것도 쓰이지 않은 빈 종이가 이미 활활 타올라 물을 끼얹으며 써야 한다는 것을.

나 혼자만 그런 질문에 빠진 건 아니다. 심사에 참여한 위원들 모두 색과 모양은 조금씩 달라도 결은 같은 마음이라서 참가자 모두에게 상을 주려는 듯 옥신각신했다. 아마도 그때 우리는 심사위원이라기보다는 그들보다 먼저 퀴어라는 사실을 알았고 글을 썼고 또 여전히 글을 쓰고 읽는 어른이자 동시에 다른 성소수자를 만나 본 적이 거의 없을 청소년들의 친구가 되고자 애썼던 것 같다. 이후 나는 우리의 그 '연결되려는 마음'을 모아 다음과 같은 심사 총평을 적었다.

　　처음부터 가능하지 않다고 생각되는 것이 있는데, 이번 심사도 그러했습니다. '청소년 퀴어의 삶'을 담은 산문은 '쓰였음' 그 자체로 이미 성취이기 때문입니다. 그러니 지금 전하는 이야기는 심사평이라기보다는 차라리 그 이룩함에 관한 응원과 지지와 연대에 가깝습니다.
　　우리 심사위원들은 공모작들을 한 편 한 편 세심히 살

피고 저마다의 이유로, 각기 다른 작품들을 용기와 희망의 맨 앞줄에 두고자 했고 그로 인해 꽤 긴 시간 논의가 이어졌습니다. 공모 주제와의 맞춤함이나 글의 분량 등 기본적으로 갖추어야 할 요건을 우선 점검했고 무엇보다 자신의 삶을 구체적이면서도 진솔하게 담은 작품을, 그래서 자기만의 목소리가 들리고 전해지는 작품을 골랐습니다. 앞서 말했듯 이 과정은 1등 뽑기가 아니라 이름 부르기, 응원하기, 토닥이기, 껴안기, 손잡기, 한목소리 되기의 연속이었습니다. 이 연쇄 작용이 선택받지 못한 작품들에도 없었을 리 만무하다는 이야기를 빼놓지 않고 전합니다.

무지개 백일장의 일원으로 초대받고 저는 드디어, 하며 기뻐했습니다. 퀴어 청소년 백일장은 제 꿈 목록에 언제나 존재하던 것이기 때문입니다. 제 꿈의 증거가 되어 주신 여러분께 감사와 우정을 전합니다.

'꿈의 증거'라는 말을 전하는 김에 꿈에 관한 좋은 말씀 하나. 영화감독 스티븐 스필버그는 말했다.(영화

〈파벨만스〉도 찾아보세요.)

　"꿈이라는 건 소리치며 정면으로 다가오지 않아요. 꿈은 보통 우리에게 조용히 속삭입니다. 듣고 느끼기가 어렵죠. 그러니 매일 그 속삭임을 듣고자 노력해야 해요. 그리고 마침내 속삭임을 듣는다면, 그것이 당신의 마음을 계속 간지럽힌다면, 평생 하고 싶은 일이라 느껴진다면 그게 바로 당신의 꿈이에요."

　꿈, 이라는 말을 들으면 가슴이 기다랗게 부푸는 청소년이 아직 남아 있긴 할는지 모르겠다. 그런 어른도 거의 사라졌다. 그러나,

　어떤 꿈의 증거는 소리치며 정면으로 다가온다. 큰 소리로 웃고 떠들면서 손뼉을 치면서. 우리가 듣고 느끼기에 충분하게. 그러니 매일 그 꿈의 증거를 찾고자 노력해야 한다. 그리고 마침내 꿈의 증거를 찾는

다면, 그것이 당신의 마음을 계속 간지럽힌다면, 나도 어떤 꿈의 증거가 되고 싶다 느껴진다면 그게 바로 당신이 어떤 꿈의 증거라는 뜻이다.

내가 꿈을 꾸는 존재이며 동시에 누군가가 꿈을 꾸도록 하는 존재라는 말은, 그런 말을 들으면 가슴이 높게 올랐다가 내려가는 청소년이, 어른이 필요하다. 그 청소년과 어른에 퀴어가 포함되지 않을 리 없고.

무지개 백일장 시상식에서 삼삼오오 둘러앉아 밥을 나눠 먹고 대화하며 마음을 주고받고 응원하고 격려하던 뜨거운 한낮이 새삼 뭉클하게 느껴지는 건 아무래도 그때 우리가 서로에게 꼭 필요한 존재였기 때문이지 않을까.

하염없이
바라보는
사람

풍경이 말을 걸어올 때가 있다. 실은 그런 일은 자주 벌어진다. 많은 사람이 대꾸도 하지 않고 무심결에 넘어가고 있을 뿐. 하물며 만물에 관하여 글을 쓰는 사람인 나조차도 자주 그런다. 대화는 말을 건네오는 쪽의 여유만으로 이루어지지 않는다. 또한, '풍경'처럼 과묵한 대상과 대화하려면 상대방이 더 애써야 한다. 공부하느라, 먹고사느라 종일 애를 쓰는데 그런 데까지……. 귀를 닫고 대화를 차단해 버리는 것은 어쩌면 지극히 당연한 일.

지난밤은 달랐다.
겨울날치곤 유난히 따스한 '봄밤'이었다. 대학가에

서 늦게까지 볼일을 보고 버스 정류장 앞에 서 있는데 멀찌감치 떨어진 곳에서도 밝은 기운을 내뿜던 젊은이 한 쌍이 키득거리며 내 옆으로 와 섰다. 시끄럽다기보단 16분음표를 연이어 붙여 놓은 듯 말과 행동이 분주했다. 다른 때 같으면 슬며시 자릴 피하거나 잠잠해지길 기다렸을 텐데 이번엔 웬일로 '봄밤에 어울리는 종달새들이구나.' 생각했다. 자기 자신도 종잡을 수 없는 사람의 마음. 옆에 누가 있든 없든 아랑곳하지 않고 조잘대는 그 나이대의 씩씩함을 간직한 두 사람 덕에 둘 사이가 같은 과 선후배라는 걸, 그들이 이제 막 다른 의미에서 서로를 알아 가려 한다는 걸 알게 되었다. 이른바 '썸 타는' 사이.

'아, 나도 썸 타고 싶다!'

마음속 귀퉁이에서 웅크린 채 겨울잠을 자던 초록빛 개구리 한 마리가 폴짝 뛰어올랐다.

두 사람은 밀고 당기기를 반복하며 대화를 이어가며 버스 도착 시간을 알리는 전광판을 번갈아 보았다. 그 모습을 코앞에서 보고 있자니 내가 다 '기사님, 천천히 오세요.' 속으로 기도하게 되었다.

몇 번째인지는 몰라도 어린 사랑은 다 좋다.

돈이 없어서, 남자를 못 믿어서, 여자가 페미니스트일까 봐, 귀찮아서, 혼인이 평등한 세상이 아니라서…… 여러 이유로 연애를 포기하는 청년들이 많다는 얘길 자주 들었는데, 호감으로 상기된 뺨들이 흐뭇함을 자아냈다. 새삼 주위를 둘러보니 모두 들썩이는 청년들뿐. 추위를 잊은 반소매 티셔츠 차림의 젊은이까지 나타나자 '아직 젊은 40대인 것도 좋다, 뭐.' 누구에게라고 할 것도 없이 응석을 부렸다.

버스가 오기 전에 한 사람이 먼저 길을 건넜다. 곧이어 도착한 버스에 남은 한 사람이 올랐다. 빈자리가 여러 개였는데 그는 앉지 않고 건너편이 잘 내다보이는-건너편에서 잘 들여다보이는-창문 앞에 가 섰다. 길 건너 정류장에 선 이가 그를 향해 섰다. 버스가 출발했다. 그때였다. 풍경이 말을 걸어온 것은.

버스가 향한 곳으로 고개를 돌려 한참을 바라보고 선 사람이 머무는 풍경.

그 대화의 물꼬가 틔자, 마음에 개굴개굴 개구리 울음이 울려 퍼졌다. '거기 없음'을 '거기 있음'으로 잇는 그 '하염없음' 때문에 때 이르게 봄날 시냇물이 마음으로 졸졸 흘러왔다. 누군가가 아니라 누군가가 떠난 자리를 하염없이 바라본 적이 언제인가, 그런 사람에게 호감을 느껴 본 건 또 언제 적인지. 그 바라봄, 그 귀 기울임, 그 어루만짐, 그 달보드레함에 자꾸만 말을 걸게 되었다. 하마터면 버스를 놓칠 뻔했다. 아니, 버스를 놓치지 못해 못내 아쉬웠다. 우수 지나 경칩 지나 올봄에는 어떻게든 썸을 타 보자고 누군가에게 말 걸고 싶었다.

상처를
헤아리는
사람

또 손가락을 베었다. 컵라면 비닐 포장을 벗기다 순식간에 벌어진 일이다. 앗, 하는 찰나에 검지 손톱 옆으로 피가 번졌다. 엇, 하며 손을 닦고, 연고를 바르고, 아기자기한 동물(친구)들이 그려진 하늘색 일회용 반창고를 손가락에 둘렀다. 따끔거리는 손가라을 에워싼 곰과 토끼와 펭귄, 고양이 들을 요리조리 보고 있으니 묘하게 기분 나쁘던 쓰라림이 일순 가시는 기분이었다. 귀여움이 다 이긴다는 말이 새삼스레 실감 났다. 모든 게 순차적으로 작은 상처에 알맞은 것 같았디.

딱 들어맞아 기울거나 모자람이 없음을 뜻하는 말, 알맞다.

작은 상처는 '따끔'하고, 큰 상처는 '뜨끔'하다. 그게 알맞은 것 같다. 몇 해 전 여행지 숙소 의자에 부딪혀 새끼발가락이 부러졌을 때를 떠올려 봐도 그렇고(한 달 넘게 깁스를 하고 다니며 부주의한 나를 탓했다.), 한 사람이 천천히 미워져서 남이 아니라 나를 재탐색한 걸 봐도 그렇다.(관계 집착에서 벗어날 것.)

상처의 크고 작음이 아픔의 크고 작음과 상관없다는 걸 잘 알지만, 어쩐지 상처의 규모에 맞는 것들이 각각 따로 있다는 생각이 든다.

큰 상처보다 작은 상처에 어울리는 것. 소보로빵과 우유, 빨래와 설거지, 양초와 무릎 담요, 햇빛과 잔물결. 그리고 상처받았다가 아니라 상처를 얻었다고 말하는 사람. 실제로 나는 그렇게 말하는 사람의 입술이 인상적이어서 그이의 입술을 시의 입술로 삼은 적이 있다. 그런 입술이 시에 붙으면 시는 잔잔하게 미소 짓도록 하는 말들을, 결국에는 울게 되어도 지금 웃는 게 아름답다는 다정한 말을 속삭이게 된다.

반면, 작은 상처보다 큰 상처에 어울리는 말은, 말 없는 말, 침묵이다. 상처가 크고 깊을수록 입술은 닫힌다. 그리고 큰 상처에는 나무와 바위와 파도, 어둡고 긴 복도와 빈방, 밤의 냉장고 소리가 적합하다. 시에 그런 시공간을 만들어 놓으면 꼭 혼자 와서 머물다 가는 사람이 있다. 끝에 가서 눈을 꼭 감는 사람. 그 사람을 통해 시는 그와 같은, 그를 닮은, 어쩌면 바로 그 사람 자체인 사람의 빈 마음에 주황빛 등을 켠다.

살아갈수록 따끔한 일도, 뜨끔하는 일도 많아진다. 어느 땐 따끔한 일에도 뜨끔하고, 뜨끔해야 할 일임에도 짐짓 따끔하고 만다. 그런 게 상처를 더 곪게 만드는 줄 알면서도 그러는 것이다. 상처의 규모를 잘 살펴 헤아리는 일, 작은 상처를 크게 만들지 않고, 큰 상처를 작게 만들지 않는 것이 우리가 배워야 할 인생의 지혜 중 하나는 아닐까?

그리고 그것도 그렇지만, 하며 누군가는 다음과 같은 말을 보탤는지도 모른다.

"다른 어떤 것보다 우리가 배워야 할 지혜는, 컵라면 비닐 포장을 벗기다 손을 베지 않는 것, 가만히 있는 의자에 발가락을 냅다 들이밀지 않는 것, 미워진 사람은 미운 짓을 한 사람이라는 걸 아는 것. 규모에 상관없이 어쨌든 되도록 상처 입지 않을 것."

작은 상처를 살피다가 결국 닿게 되는 것이 이토록 아기자기한 반창고 같은 것이라면 종종 따끔해도 될 일. 또한 큰 상처를 두려워할 필요도 없겠다. 그땐 더 큰 반창고가, 아니 쾌유를 바라는 문구를 적을 수 있는 하얀 깁스 같은 게 기다리고 있을 테니까.

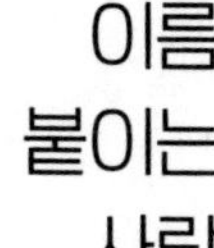

이름
붙이는
사람

이름 붙이길 좋아한다. 반려동물에게는 물론이고, 보통 이름을 잘 붙이지 않는 것에도 이름을 지어 준다. 컵이나 자전거, 일기장과 작은 열쇠고리, 엽서와 편지를 보관하는 네모난 종이 상자에도 이름이 있다. 한동네 사는 시인들과 미아사거리에 얻은 상가 1층 작업실 이름은 '해변'이다. 작업실 앞에 있는 나무는 '고래'이고, 작업실 통유리창에 매단 고래 모빌의 이름은 '나무'이다. 이름을 붙이니 도심 한복판에 해변이, 고래가, 야자수가 생겨난 것이다.

애초에 '해변'이라는 이름은 만화를 그리는 친구가 연신내에 공간을 열었다고 하여 내가 선물해 준 것이다. 얼굴이 회색빛인 한 도시인이 상기된 얼굴로 "오

늘은 해변에 가야지." 하며 지하철이나 버스에 오르
는 모습을 상상하며 지었다. 그 공간은 문을 닫았다.
그러나 이름은 남았다. 해변 옆에 해변이 있듯이, 연
신내해변 옆에 미아해변이 그리고 미아해변 옆에 또
다른 이름의 해변이 생기기를 바라고 있다.

이름에는 누군가의 상상력이 들어 있다. 부모님이
지어 주신 내 이름 현은 밝다는 뜻이다. 첫째에게는
아름다움을, 둘째에게는 밝음을 선물하며 젊은 부모
는 자식들의 어떤 미래를 꿈꿨던 걸까? 두 사람의 무
한한 상상에 힘입어 나는 밝은 사람이 되었다.

이름을 짓고 붙여 부르면 그렇지 않을 때와는 다
른 기운이 생긴다. 그의 이름을 불러 주기 전에 그는
다만 하나의 몸짓에 지나지 않았다는 한 시인의 유명
한 시 구절을 구태여 떠올리지 않아도 그렇다. 별명
을 한번 생각해 보자. 이름 대신 별명(새로운 이름)을
붙여 부르는 순간부터 그와 나는 이미 다른 사이가
되지 않던가. 이름도 가물가물한 동창의 별명을 듣는

순간, 그의 얼굴이 또렷하게 떠오른 경험이 나에게만 있는 것은 아닐 테다.

작명作名은 오랫동안 기억하기 위한 것이다. 그러니 누군가의 이름을 부르는 호명呼名 역시 기억을 위한 행위이다.

세월호에서 돌아오지 못한 304명의 희생자를 추모하기 위한 '304낭독회'에서 304명의 이름을 하나하나 소리 내 읽은 적이 있다. '희생자들'이라는 관념의 덩어리를 '한 사람'으로 구체화했던 그 호명을 나는 지금도 잊지 못한다. 그들이 누군가의 짝꿍이었고, 동료였고, 친구였고, 연인이었고, 살아 있던 사람이었다는 것을 체감한 길고도 짧은 시간이었다.

오늘은 특별히 이 이름을 부르고 싶다. 김용균.

1994년생 비정규직 노동자 김용균 씨가 세상을 떠난 지 일곱 해가 됐다. 그는 2018년 12월 10일, 태안 화력발전소에서 혼자 석탄 이송용 컨베이어벨트 상태를 점검하다 숨졌다. 살아생전 그는 노래와 치킨을 좋아했고, 자신의 메모장에 "너무 생각 없이 앞을 좇지 말자." "뭐든 확실히 해 놓자."라고 다짐을 적어 두는 청년이었다. 그의 죽음으로 28년 만에 산업안전보건법이 개정됐다. 이름하여 '김용균법'이다. 그러나 개정된 법과 이후 제정된 중대재해처벌법은 '일하다 죽지 않을 권리'를 여전히 보장하지 못하고 있다. 한 사람의 이름을 기억하는 것만으로도 우리는 수많은 삶과 죽음을 끝까지 지켜보게 된다. 묻게 된다.

이름이 뭐예요?

그 이름에는 어떤 미래가 담겨 있나요?

봄에는,
사람

아파트 단지 화단에 심어진 나무들에 푸릇푸릇 새순이 솟고 있다. 봄은 현재진행형의 계절. 봄에 관해 이야기할 땐 과거 시제보다 현재 시제를 사용하는 게 좋은 것 같다. 눈앞에 펼쳐지는 생기를 생생하게 전달하는 느낌. 그러니까 봄은 생방송!

봄에는 눈, 코, 입, 귀가 커다래지고 손발이 바빠지고 그 몸의 반응 때문에 마음이 리트머스지가 되어 푸르게 또 붉게 변한다. 튀겨지기 전 팝콘처럼 올망졸망 나뭇가지 끝에 달린 봄의 전령을 사진으로 남기자 마음이 양지가 되어 아지랑이가 피어오른다. 누구에게 가장 먼저 이 소식을 전할까. 봄에는 한번쯤 속삭여 보는 것이다. 그러니 다감한 안부를 적어 이름을 적지 않은 채 보내온 엽서를 받더라도 봄에는 놀라지 않기로 하자. 보낸 이 옆 빈칸에 가만히 자기 이름을 적어 놓으면 될 일.

지난겨울 한 사람에게 엽서를 띄우겠노라 약속했다. 겨울이 다 가도록 약속을 지키지 못했다. 봄이 다 가도록 약속을 지키지 않는 사람이 되지는 말아야 할 텐데. 봄에는 약속하고 싶다. 지킬 수 있는 약속은 지키고, 지키지 못할 약속이라 해도 지키려고 애쓰고 싶다. 초년생의 마음으로. 봄에는 슬며시 이런 바람을 품고 있어도 좋으리. 어떤 일을 시작한 지 얼마 되지 아니한 사람의 애씀은 그 자체로 빛난다.

최근 업무에 치여 점점 '늙어 가고' 있다는 한 후배는 지난 주말 아웃렛에 가서 '나를 위한 쇼핑'을 신나게 하고 왔다고 한다. 구매 목록을 확인하진 않았으나 분명 화사한 옷과 가방, 액세서리였을 터. 그런데도 감정이 복받쳐 선배 앞에서 눈물을 찔끔거리며 퇴사도 생각해 보았다는 후배에게 나는 말했다. "이제 진짜 직장인이 됐네. 곪을 수 있을 때 곪는 것도 좋아." 후배가 발끈했다. "곪을 수 있을 때 곪다뇨, 안 곪는 게 제일 좋죠!" 한 회사 10년 차 직장인은 어떤 노동의 계절에 속하는 걸까 생각했다. 여름? 가을? 아직 봄? 후배의 염증 난 마음에 빨간약을 발라 주기 위해 완연한 봄날 저녁 자리를 약속했다. 봄에는 가벼운 선배가 되어 무거운 후배를 이끄는 것도, 유약한 후배가 되어 단단한 선배에게 어리광 부리는 것도 한순간 '젊어지는' 일이겠다.

어제는 새 이불을 부내겠노라는 어머니의 연락을 받았다. 매년까지는 아니어도 한 해 걸러 한 번씩 침구류를 바꾸는 것으로 봄을 맞이하는 어머니는 그때마다 내게도 새 이불을 부친다. 화려한 꽃들이 알록달록 피어 있는 어머니의 이불은 세련된 색과 차분한 무늬의 원래 침구를 세탁할 때만 사용되었다. 그러나 이제는, 길가에 핀 꽃 한 송이 그냥 지나치지 못하게 된 이제는, 이불은 꽃 이불, 어머니의 미감이 봄의 미감!

　짧은 글의 시작과 끝에 느낌표를 적어 놓으니 '봄의 형상이 있다면 느낌표와 닮았겠구나.' 하는 생각이 스치어 간다. 둥근 뿌리에 긴 꽃대와 오동통한 꽃. 튤립의 계절이다. 겨울 동안 깨끗이 닦은 흰 돌에 형형색색의 튤립을 그려 여러 사람에게 선물한 화가 친구는 일찍부터 봄을 느끼게 해 주고 싶었던 걸까? 튤립 중에서도 주황색 튤립을 특별히 더 좋아한다는 친구에게 엽서를 쓰겠노라 약속하는(다짐하는) 봄날이다.

마음이 사뿐해지는 계절의 책

《웃는 연습》, 박성우, 창비

어느 날엔가 학창 시절 유난히 눈을 좋아했던, 밤마다 집 전화로 전화를 걸어왔던 이를 문득 떠올렸습니다. 무선전화기를 들고 이불 속에서 밤이 깊도록 대화를 나누었던 사람이었습니다. 우리는 서로에게 아름다운 글귀를 적어 주기도 했고, 공테이프에 노래를 녹음해 선물하기도 했습니다. 녹음과 정지 버튼을 번갈아 눌러 가며 지새우던 그 밤은 참 더디 흘렀습니다. 그와 저는 그렇게 네 번의 계절을 둘도 없는 친구로 지냈으나 새로운 봄이 되자 각자 다른 반이 되어 서먹서먹해졌습니다. 우정은 이도록 싱겁게 종료되기도 하지요.

졸업하고 수년이 지난 어느 겨울엔가 불쑥 옛 연락처가 생각나 그 친구에게 전화했습니다. 그는 이제 어른의 목소리를 하고 있었고, 제 연락에 당황한 듯했습니다. 아마도 그는 저를 다단계 영업을 하는 동창쯤으로 여겼겠지요. 전화를 끊고 차창으로 눈을 돌렸을 때 눈은 내리지 않았고, 인생이 조금 시시하게 느껴졌습니다.

《퇴근하고 강릉 갈까요?》, 어반플레이, 아르테

60세에 가까운 나이가 된 한 연예인이 "올해는 적극적으로 여행을 다니겠다."는 새해 다짐을 이야기하며, 그때는, 어릴 때는, 젊을 때는, 뭐가 소중한지 모를 때는, 이라는 말을 반복적으로 이야기하는 걸 보았습니다. 그런 모습을 보고 있자니 나이 먹고 후회하지 않으려면 지금부터라도 열심히 돌아다녀야 하는 건가 싶어, 당장 월차를 내고 집을 떠나야겠다는 의지가 불타올랐습니다. 언제쯤 월차를 내면 좋을까 일정을 점검하고, 숙박업소를 안내해 주는 온라인 사이트에 접속해 적당한 숙소를 알아보고, 통장 잔고를 확인하고, 함께 떠날 사람을 물색하는 사이에 의지는 박약해지고 한계는 명확해져서 다음으로 여행을 미루었습니다……. 여행 뭘까, 생각하려는 차에 한 사람이 이런 메시지를 보내왔습니다. 내일, 강릉 갈까. 그리고 강릉에 다녀왔습니다. 올해는 적극적으로 내일 떠나기로 마음먹었습니다.

《아는 사람만 끼리끼리 먹는》, 이현수, 난다

까끌까끌한 현미밥에 삼삼한 나물무침을 넣고 고추장도 없이 쓱쓱 비벼 콩탕을 곁들여 먹다가 혼자 보기 아까워서 사진을 찍어 단체 채팅방에 올렸습니다. 친구들이 하나같이 말했습니다.

'절밥 좀 그만 먹어.'

친구들은 아직도 맵고 짜고 단 음식을 좋아할 정도로 기운이 팔팔합니다. 저는 이제 팔팔한 기운과는 다소 거리가 먼 사람. 자극적인 음식보다는 은은한 음식이 좋고, 요란한 음식보다는 정갈한 음식이 좋지요. '식재료 본연의 맛을 살리는 요리 비법'이라는 말이 언제부터는 이해가 되어서 저 역시도 집에서 음식을 해 먹을 때면 되도록 양념을 멀리하게 되었습니다. 미각도 나이에 따라 변한다고 하는데, 나이에 상관없이 계속해서 '미원의 맛'을 으뜸으로 여기는 사람을 보면 어딘가 속없는 이처럼 보이다가도 그 천진한 입맛이 완성되기까지의 삶이 문득 궁금해지기도 합니다.

"요리는 원래 혹독한 것이다. 냉정하게 밑간하고 두 번 이상 뚜껑을 열지 말아야 국물 맛이 유지되는 것도 있다. 히여, 요리가 곧 인생이다."라는 이현수 작가의 말을 읽다가 문득 요리가 인생이라면, 입맛은 생활이겠구나 하는 생각을 하였습니다.

수아에게

수아야, 안녕?

열한 살과 열두 살은 어떻게 다르니?

열 살과 열한 살이 어떻게 다른지 생각해 본 적은 있
니?

요즘 수아의 마음속 호주머니에는 어떤 생각들이 가
득한지 궁금하다. 한두 개 꺼내 삼촌에게 살짝 보여 줄
수 있겠니?

삼촌은 요즘 '사람'을 자주 생각한단다.

사랑하는 사람, 미워하는 사람, 보고 싶은 사람, 잊은 사람, 가슴 아픈 사람, 가슴이 철렁하는 사람, 가슴속에 고이 묻어 둔 사람, 걸어가는 사람, 뛰어가는 사람, 한참을 멈춰 선 사람, 먹는 사람, 먹지 못하는 사람, 도전하는 사람, 도전하지 못하는 사람, 열두 살인 사람, 스물두 살인 사람, 서른둘, 마흔둘, 쉰둘, 예순둘인 사람…… 사람을 생각하는 일은 참 끝없다, 그렇지 수아야?

그 많은 '사람 생각' 속에는 수아도 분명히 있단다.

삼촌 생일 때 수아가 처음으로 건네준 엽서를 기억하니?

"현이 삼촌!! 저 수아예요. 이사 축하드립니다!! 삼촌, 이사하는 거 힘들었죠? 이제 적응만 하면 돼요! 파이팅입니다~♡ 저도 그때, 적응이 어려웠는데, 좀 지나니 괜찮았어요. 삼촌 잘 지내요."

좀 지나니 괜찮았어요…….

수아야, 이 말이 그즈음 삼촌에게 정말로 꼭 필요했던 말이었다는 걸 어떻게 알았니?

그 말에 힘입어 삼촌 마음속 앙상한 가지에 매달린 눈물이 툭 떨어졌다는 걸 아니?

덕분에 그 자리에 보송보송 솜털 난 새순이 삐쭉 올라왔어.

고마워, 수아야.

수아 덕분에 생각할 수 있었어.

어른만이 아이를 보살피는 것은 아니구나.

어린이, 청소년의 보살핌에 섬세하게 조응하는 어른이 되어야겠다 다짐했단다.

그리고 이 책에 이런 소망을 보태고 싶더구나.

이 책이 너를 보살펴 주길 바라.

수아야, 이 책에는 여러 사람이 등장한단다. 그 사람은 때론 삼촌이기도 하고, 삼촌이 만났던 사람이기도 하고, 삼촌 곁에 머무는 사람이기도 한데 무엇보다 삼촌이 바라는, 바라보고 싶은 사람이기도 해.

수아는 어떤 사람이 되고 싶니?
누군가에게 수아를 소개한다면 어떤 사람이라고 말하고 싶니?

삼촌은 말이야, 어릴 적 내가 어떤 사람인지 말하고 싶어서, 내가 어떤 사람이 되고 싶은지 소리치고 싶어서 (그러나 그럴 수 없어서) 남몰래 일기를 쓰고 편지를 쓰고 시를 쓰곤 했어. 아마도 이 책은 이제 막 먼 바다 여행을 마치고 돌아온 그때 그 글들이 담긴 투명한 유리병이기도 할 거야.

그러니 수아야 이 책에 실린 글들을 그때 어른의 이

야기가 아니라 지금 너희의 이야기로 읽어 줄래?

　답장해 주렴. 삼촌이 수아에게 이런 말을 돌려줄 수
있게 기회를 줘.

　'수아야, 삼촌도 그때 적응이 어려웠는데, 좀 지나니
괜찮았어.'

　마지막으로 수아 두 손에 쥐여 주고 싶은 질문을 보
낸다.
　작은 조약돌이니 받아 주렴.

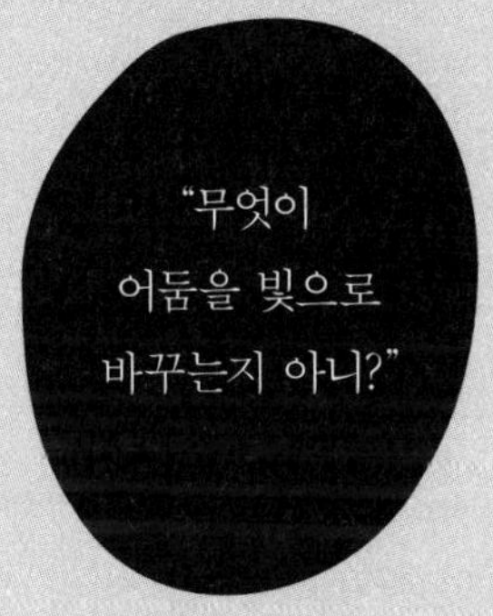

“무엇이
어둠을 빛으로
바꾸는지 아니?”

청소년에세이
해 마 0 3

**우리
반에도
있다**

2025년 4월 25일 처음 찍음
2025년 11월 5일 두 번 찍음

글 김현 | **펴낸곳** 도서출판 낮은산 | **펴낸이** 정광호
편집 강설애 | **디자인** 소요 이경란 | **제작** 세걸음

출판 등록 2000년 7월 19일 제10-2015호
주소 10881 경기도 파주시 회동길 216, 202호
전화 02-335-7365(편집), 02-335-7362(영업)
팩스 02-335-7380
홈페이지 www.littlemt.com
이메일 littlemt2001ch@gmail.com
인스타그램 @little_mt2001
제판·인쇄·제본 상지사 P&B

ⓒ 김현 2025

ISBN 979-11-5525-179-9 43810